Les hasards de l'amour

Éditions J'ai Lu

BARBARA CARTLAND	*ŒUVRES*
LES BELLES AMAZONES	*J'ai Lu* 727**
LA NAÏVE AVENTURIÈRE	*J'ai Lu* 751**
CONTREBANDIER DE L'AMOUR	*J'ai Lu* 783**
LA VALSE DES CŒURS	*J'ai Lu* 828**
LA FÉE DE LA GLACE	*J'ai Lu* 845***
LE FANTÔME DE MONTE-CARLO	*J'ai Lu* 854***
L'AMOUR VIENT QUAND IL VEUT	*J'ai Lu* 868**
L'IRRÉSISTIBLE AMANT	*J'ai Lu* 758**
UNE TROP JOLIE GOUVERNANTE	*J'ai Lu* 804**
LA RÉVOLTE DE LADY CORINNA	*J'ai Lu* 964***
LE PRINTEMPS D'AURELIA	*J'ai Lu* 878***
LE RETOUR DE LA BELLE INCONNUE	*J'ai Lu* 883***
L'AMOUR AU BOUT DU CHEMIN	*J'ai Lu* 965**
LA BELLE ET LE CAVALIER	*J'ai Lu* 985***
LE MASQUE DE L'AMOUR	*J'ai Lu* 973**
LA SORCIÈRE AUX YEUX BLEUS	
LA FIANCÉE RÉTICENTE	*J'ai Lu* 993***
CLÉONA ET SON DOUBLE	*J'ai Lu* 908**
L'IMPÉTUEUSE DUCHESSE	
LE CORSAIRE DE LA REINE	
ESCAPADE EN BAVIÈRE	*J'ai Lu* 931**
LA SPLENDEUR DE VENTURA	
LES HASARDS DE L'AMOUR	*J'ai Lu* 1014**
LES AMOURS MEXICAINES	
LES ROSES DE LAHORE	
PAR AMOUR OU PAR PITIÉ	
C'EST LUI LE DÉSIR DE MON CŒUR	*J'ai Lu* 953***
L'AIR DE COPENHAGUE	
LE BAISER DU DIABLE	
LES SEIGNEURS DE LA CÔTE	*J'ai Lu* 920**
LES FEUX DE L'AMOUR	*J'ai Lu* 944**
AMOUR SECRET	*J'ai Lu* 898**
LE CŒUR CAPTIF	
LE CAVALIER MASQUÉ	
PRINTEMPS A ROME	
POUR L'AMOUR DE LUCINDA	
SÉRÉNA (OU LE HASARD DES CŒURS)	
LA FILLE DE SÉRÉNA	
LE VALET DE CŒUR	
SOUS LE CHARME GITAN	
SAMANTHA DES ANNÉES FOLLES	
LE SECRET DE SYLVINA	
QUAND L'AMOUR TRIOMPHE	
UN HOMME POUR DEUX CŒURS	
LE MESSAGE DE L'ORCHIDÉE	
AU PÉRIL DE L'AMOUR	
L'AMOUR FOU DE ZIVANA	
UN FAUX MARIAGE	
LA FLAMME D'AMOUR	
LE TERRIBLE SECRET DE GISELDA	*J'ai Lu* 1003**
MESSAGÈRE DE L'AMOUR	
DES FLEURS POUR MON AMOUR	
COMTESSE NATACHA	
SERAS-TU LADY, GARDENIA?	
LES BEAUX MESSIEURS DE PETRINA	
LA PREMIÈRE ÉTREINTE	

BARBARA CARTLAND

Les hasards de l'amour

Traduit de l'anglais
par Marcelle SINOIR

Ce roman a paru sous le titre original :

THE DISGRACEFUL DUKE

NOTE DE L'AUTEUR

Jusqu'à sa destruction par le feu lors du terrible incendie de 1809, le Théâtre Royal, Drury Lane, de Londres, n'avait jamais eu de chance.

Richard Brinsley Sheridan se trouva complètement ruiné, le théâtre étant insuffisamment assuré.

Il fut reconstruit et ouvert en octobre 1811 — et sous l'aspect que nous lui connaissons actuellement. C'est le théâtre d'Edward Kean — le plus grand Shylock de tous les temps — celui d'Elliston, de Macready, de Dan Leno, de Sir Johnstone Forbes-Robertson et de Sir Henry Irwin.

De Nell Gwynne à Ivor Novello, Drury Lane demeure sans égal; son équivalent n'existe dans aucune autre capitale.

Il fait partie de notre histoire et aussi longtemps que vivra Londres, il y aura toujours dans notre ville un lieu qu'on nommera Théâtre Royal, Drury Lane.

1

1803

– Comment te sens-tu, papa?

– Pas très bien, mais cela ira, répondit Beau Bardsley d'une voix haletante.

En s'effondrant sur la chaise de sa loge, il se regarda dans la glace et son visage eut une expression proche du désespoir.

Simonetta se tenait derrière lui, ne sachant que faire.

La quinte de toux qui avait secoué son père en franchissant l'entrée des artistes semblait l'avoir littéralement épuisé.

Sans prononcer une parole, Joe Hewitt, l'habilleur de Beau Bardsley, apporta un verre de cognac allongé d'eau qu'il posa sur la coiffeuse, à côté des pots de crème, onguents, houppes à poudre et autres accessoires de maquillage.

Beau Bardsley était si faible qu'il dut prendre le verre à deux mains pour le porter à ses lèvres.

Après quelques gorgées, il sembla retrouver un peu de force et c'est d'une voix toute différente qu'il dit à sa fille :

– Tu n'aurais pas dû venir ici avec moi.

– Je n'ai pas l'intention de te laisser, papa, répondit Simonetta d'un ton ferme. Tu sais aussi bien que moi que tu ne devrais pas jouer aujourd'hui.

Beau Bardsley garda le silence. Toux deux connaissaient la réponse; elle n'avait pas besoin d'être formulée.

Il ne pouvait s'arrêter de travailler.

Outre que son salaire leur était indispensable pour vivre, la direction du Théâtre Royal, Drury Lane, devait dans un délai d'une semaine étudier le problème de son indemnité.

D'une main qui tremblait, Beau Bardsley sortit sa montre de la poche de son gilet.

– Vous avez tout le temps, Mr Bardsley, dit Joe Hewitt d'un ton qui se voulait rassurant, comme s'il comprenait que le grand recteur était anxieux.

Beau Bardsley laissa échapper un soupir. Tous savaient qu'étant donné son état de santé, le simple fait de revêtir le costume d'Hamlet exigerait de lui un effort physique presque insoutenable.

Toutefois – pensa Simonetta – il y avait dans cette situation un point réconfortant.

Son père avait tenu ce rôle tant de fois qu'il le connaissait par cœur et, une fois sous les feux de la rampe, il serait, comme il l'était toujours, porté par les applaudissements et la ferveur de ses admirateurs.

Le Théâtre Royal, Drury Lane, pendant ce temps, se remplissait de spectateurs qui venaient acclamer en Beau Bardsley l'un des plus brillants acteurs que l'Old Drury ait jamais connu.

C'était pour lui, pour le voir, que le public venait, même si le théâtre, présentement, connaissait des heures difficiles.

Mrs Sarah Siddons, qui pendant vingt et un ans avait régné sur la scène du Théâtre Royal comme une souveraine incontestée, avait quitté Londres pour se reposer. Quand elle y revint, ce fut sur la scène du Covent Garden.

Pour le Théâtre Royal, il était presque impossible de remplacer une actrice de cette qualité.

Toutefois, aussi longtemps que Beau Bardsley était à l'affiche, la salle était pleine. Mais sa santé, malheureusement, l'obligeait bien souvent à annuler la représentation.

Comme il tendait la main pour se saisir d'un crayon gras, son regard rencontra l'image de Simonetta dans le miroir.

– Tu n'aurais pas dû venir ici, lui répéta-t-il. Tu sais que je ne permets pas que tu sois vue dans le théâtre.

– Joe peut tenir les visiteurs à l'écart, répondit Simonetta en souriant. D'ailleurs, papa, tu dois te reposer pendant les entractes, et ne pas te fatiguer en recevant les gens qui viennent frapper à la porte de ta loge.

– J'ai toujours promis à ta mère que tu resterais à l'écart du théâtre, dit Beau Bardsley.

– Et nous respecterons la promesse que tu lui as faite, répliqua Simonetta, mais je sais aussi qu'elle se serait refusée à ce que je te laisse seul dans l'état de santé qui est le tien actuellement. (Elle le regarda à nouveau et dit d'une voix basse :) Ne serait-il pas plus sage que tu annules la représentation?

Son appréhension était pleinement justifiée par l'apparence de Beau Bardsley : son fin visage était d'une pâleur inquiétante, ses lèvres exsangues, et il semblait avoir peine à soulever les paupières.

– Je dois continuer, dit-il d'un ton presque féroce. Pour l'amour de Dieu, Joe, donnez-moi encore un peu de cognac!

L'habilleur se saisit du verre vide et se dirigea vers un coin de la loge où se trouvait une petite table chargée de verres et de bouteilles.

Simonetta ne savait que trop combien son goût de recevoir somptueusement ses visiteurs – parasites ou admirateurs – pouvait être coûteux.

Mais il jouait également à l'amphitryon pour les membres de la troupe quand il comprenait leur besoin d'un stimulant, et il était toujours prêt à leur tendre une main plus que généreuse.

Simonetta estimait que plus des trois quarts du salaire de son père s'en allait en largesses, au récit d'une histoire de malchance dont il acceptait d'être dupe, ou à l'égard de gens véritablement dans le besoin.

Nombreux dans la profession étaient ceux pour lesquels il avait été un sauveur et qu'il avait empêchés de finir dans le ruisseau ou de connaître la dégradation.

Il se refusait à laisser mourir dans la misère ceux qui, comme lui, aimaient le théâtre – même s'il n'avait joué qu'une fois avec eux. Beau Bardsley venait en aide à n'importe quel acteur ou actrice dans le besoin. Il les nourrissait, les habillait et réglait leurs dettes.

Situation dont les premières victimes étaient, bien sûr, sa propre femme et sa fille.

Malgré de longues années de scène et les salaires élevés que justifiait son talent, il n'avait pas d'économies.

Et cependant, tandis qu'elle le regardait en cet instant, Simonetta savait qu'elle n'eût pas souhaité que son père fût différent.

Même dans ses moments de faiblesse et de souffrance, quand l'effort qu'il devait faire pour parler était presque insoutenable, il continuait à se dégager de lui quelque chose de magique.

C'était cette espèce de magnétisme qui maintenait les foules sous son charme, et sa voix aux résonances profondes allait droit au cœur de ceux qui l'écoutaient.

Le second verre de cognac colora légèrement les joues de Beau Bardsley et, tandis que l'habilleur le débarrassait adroitement de son veston et de son gilet, c'est d'une main plus ferme qu'il commença à maquiller son beau visage.

Fils d'un vicaire de l'abbaye de Bath, Beau, dont le nom de baptême était Beaugrave, s'enfuit à l'âge de seize ans.

Il n'avait cessé d'être obsédé par le théâtre de Bath qui avait atteint à la distinction suprême quand il devint – Londres mis à part – le premier à recevoir le titre de « Royal ».

Les acteurs et actrices qui y établirent leur réputation n'avaient pas d'admirateur plus enthousiaste et plus passionné que le fils du vicaire.

Après avoir tenu pendant quelques années de petits rôles dans les théâtres de Londres, y compris Drury Lane, Beau Bardsley avait regagné sa ville natale.

Son père avait été nommé dans une autre région, et le théâtre avait attiré de jeunes acteurs enthousiastes dont quelques-uns allaient devenir les plus grands de la scène anglaise.

John Henderson, qui après cinq ans passés à Bath partit pour Londres, où il apparut tout de suite comme le successeur de David Garrick, devint l'un des acteurs les plus célèbres d'Angleterre.

Très frappé à son tour par une jeune actrice qu'il avait vue jouer à Birmingham, il l'avait recommandée aux directeurs du théâtre de Bath, lesquels l'avaient engagée.

Elle venait d'être renvoyée par Garrick après un passage de quelques mois au Drury Lane, considéré comme un échec, et elle fut ravie de la chance qui lui était offerte de jouer devant un public élégant; cette fois ce fut la réussite.

Le début de Sarah Siddons à Bath fut un véritable triomphe!

Parce qu'elle était femme – et très intelligente –, elle chercha à s'entourer d'acteurs susceptibles de rehausser ses propres rôles et d'intensifier le rayonnement qui émanait d'elle dès qu'elle apparaissait sur scène.

Son choix se porta tout naturellement sur l'irrésistible Beau Bardsley.

Sarah Siddons allait devenir la plus grande tragédienne de la scène anglaise.

Elle était d'une grande beauté et sa silhouette était parfaite; mais ces qualités physiques n'étaient rien à côté du pouvoir qu'elle exerçait sur le public.

Beau Bardsley était avec elle quand elle revint, en 1782, sur la scène de son échec – le Théâtre Royal, Drury Lane.

Il avait bien souvent relaté l'événement à Simonetta.

– Quand Mrs Siddons entra en scène pour la répétition, elle était au comble de la panique. Mais la pièce, *Isabelle or the Fatal Marriage,* l'empoigna littéralement et tandis qu'elle se laissait gagner par son rôle, plusieurs membres de la troupe étaient au bord des larmes.

» La scène sur son lit de mort était si saisissante de vérité que son petit garçon de huit ans, qui jouait le rôle de son fils, en était arrivé à croire que sa mère était vraiment morte. Il pleura à chaudes larmes et hurla jusqu'au moment où, la scène ayant pris fin, elle put venir le consoler.

– Raconte-moi la première représentation, papa, suppliait Simonetta qui pourtant en avait entendu bien souvent le récit.

Beau Bardsley riait.

– Le public avait les yeux noyés de larmes et bien avant la scène finale la salle croulait sous les applaudissements.

Il souriait tout en continuant :

– ... Je suppose que nous étions tous étourdis par une telle ovation; Mrs Siddons, trop émue, ne put prononcer ses dernières phrases et se contenta de saluer en s'inclinant pour répondre au tonnerre d'acclamations.

Pendant les vingt et une années qui suivirent, Beau Bardsley apparut presque dans chaque production importante où le premier rôle était confié à Sarah Siddons. Mais, maintenant, elle était partie; et bien que Bardsley fût capable de remplir le théâtre à lui seul, il était, à près de cinquante ans, presque trop malade pour continuer sa carrière.

D'un air anxieux, Simonetta observait son père qui, ayant achevé de se maquiller, se leva et se dirigea vers le rideau de toile brune au bout de la loge afin de se changer pour le premier acte.

Le nouveau théâtre avait coûté plus de deux cent vingt mille livres et avait été dessiné par Holland, l'architecte de Carlton House. Comparées aux anciennes loges, inconfortables, sales et obscures, celles de la nouvelle construction représentaient une amélioration plus qu'appréciable.

Mais Simonetta aimait, quand elle était enfant, entendre son père lui raconter ce qu'était ce théâtre quand il y avait joué pour la première fois.

C'était facile alors d'imaginer Nell Gwynn vendant aux élégants des oranges à six pence la pièce, aisé aussi d'imaginer Samuel Pepys, le chroniqueur, lorgnant les femmes, lançant des œillades; et Charles II et sa maîtresse dans la loge royale.

Les spectateurs se promenaient sur la scène et

dans les coulisses. Il y avait des filous qui prenaient des airs avantageux, et des mondaines connues, mal dissimulées sous leurs loups noirs.

– Garrick chassait les gens de la scène, disait Beau Bardsley à sa fille, mais pendant des heures, avant que les portes ne s'ouvrent, c'était une incroyable bousculade devant l'entrée.

– Que se passait-il alors, papa? demandait Simonetta.

– Les hommes se servaient de leurs poings, les plus faibles étaient renversés et piétinés et, pour les pickpockets, c'était l'occasion d'une riche moisson!

Beau Bardsley avait participé à la dernière représentation du vieux théâtre. La pièce s'appelait *The Country Girl,* et il jouait dans *Macbeth* avec Mrs Siddons lors de l'ouverture de la nouvelle salle, le 21 avril 1794.

Ce soir-là, le théâtre était plein à craquer; mais la chance ne lui avait pas souri pour autant, et Richard Brinsley Sheridan était – ce n'était un secret pour personne – endetté jusqu'au cou.

Plus tard, Simonetta avait beaucoup admiré le nouveau théâtre, le jour où sa mère l'avait emmenée voir jouer son père – bien qu'elles ne fussent pas autorisées à utiliser l'entrée des artistes.

Le théâtre était très vaste. Il avait quatre étages et les loges étaient situées comme dans un théâtre d'opéra; mais Holland en travaillant à son plan avait manifestement plus songé à l'apparence qu'au confort du spectateur.

On découvrit que l'amphithéâtre était beaucoup trop élevé et si éloigné de la scène que ses occupants ne parvenaient que difficilement à entendre les acteurs; et qu'en outre les huit loges situées sur la scène étaient inutilisables.

La capacité du nouveau Théâtre Royal était de

3 611 places et représentait 826 livres de recette. Il répondait à toutes les exigences modernes et avait même un rideau de fer contre l'incendie.

Tout cela – avait dit Beau Bardsley à Simonetta – avait été indiscutablement l'attraction majeure des premières soirées et avait déchaîné chez les spectateurs un véritable délire d'enthousiasme.

– Quelqu'un avait frappé dessus avec un énorme marteau, avait dit Beau à sa fille, afin de démontrer sa résistance.

– Que s'est-il passé ensuite, papa? demandait alors Simonetta bien qu'elle connût parfaitement la fin de l'histoire.

– Quand on leva le rideau, poursuivait alors immanquablement son père, les spectateurs furent transportés par le spectacle de cascades qui ruisselaient de réservoirs placés sur le toit et tombaient dans un immense bassin en s'écrasant sur des rochers artificiels.

– Ce devait être bien excitant!

– C'est vrai que c'était excitant, répéta son père. Et quand un homme apparut dans un bateau, ramant, le public se déchaîna!

Un peu plus tard seulement, devenue plus âgée, Simonetta comprit que ce que Sheridan avait appelé son grand Théâtre National était depuis le début marqué par la malchance – cela en partie à cause de l'état désastreux de ses finances.

Le paiement des acteurs, difficile et irrégulier, provoquait de constantes grèves parmi les membres de la troupe – du plus célèbre jusqu'au plus obscur.

Les acteurs de talent, lorsqu'ils demandaient les salaires qui leur étaient dus, se trouvaient congédiés et remplacés par des acteurs de valeur inférieure.

La troupe assiégeait chaque samedi matin le

bureau de Sheridan, le suppliant, l'implorant de lui verser au moins une avance.

Sheridan s'en tirait en faisant du charme, promettait de leur régler ce qui leur était dû, puis disparaissait par une autre porte.

Seules, Simonetta et sa mère savaient ce que Beau Bardsley donnait aux comédiens les plus pauvres, étant donné qu'elles faisaient les frais de ces largesses.

Il leur fallait renoncer à certains petits luxes pour elles-mêmes et pour la table, luxes auxquels elles auraient normalement pu prétendre grâce à la place que Beau Bardsley occupait sur la scène anglaise.

Le fait qu'il ait choisi d'ignorer la situation ne résolvait pas le problème; néanmoins – tout comme ceux qui le voyaient jouer – elles l'adoraient, et sa femme ne parvenait pas à élever la moindre protestation devant la générosité et les extravagances dont d'autres étaient les bénéficiaires.

On frappa à la porte de la loge.

– Cinq minutes, Mr Bardsley! cria le régisseur.

Puis Simonetta l'entendit se hâter le long du couloir, frappant à la porte de chaque loge en répétant son appel.

Son père sortit de derrière le rideau et elle le regarda d'un air anxieux. Mais, comme bien souvent déjà, l'atmosphère du théâtre avait opéré un miracle et transfigurait l'acteur.

Déjà son menton et ses épaules s'étaient redressés et ses yeux avaient retrouvé cet éclat magique qui exerçait une fascination sur les foules.

Le costume qu'il portait convenait à son extrême minceur qui, en costume de ville, frappait parfois de façon pénible. En l'occurrence, elle le servait et répondait à l'image du jeune homme qu'il incarnait dans la pièce.

Il se dirigea vers la coiffeuse, appliqua un peu plus de rouge sur ses joues, et retoucha le coin de ses yeux.

– Tu es très beau, papa!

Depuis sa plus tendre enfance, Simonetta n'avait cessé de lui répéter cette même phrase; il lui adressa un sourire plein de tendresse et dit :

– Tu resteras ici pendant que je suis en scène et Joe n'ouvrira la porte à personne.

– Je veillerai, sir, à ce que tout aille bien, promit Joe Hewitt.

– Deux minutes, Mr Bardsley!

La voix du régisseur accompagnée du coup frappé à la porte sembla chasser définitivement les derniers restes de fatigue chez Beau Bardsley.

Après un dernier coup d'œil à son costume dans le miroir, il se dirigea vers la porte.

– Bonne chance, papa!

Il lui adressa un dernier sourire, puis sortit, et elle l'entendit parler de sa voix profonde à quelques comédiens qui s'apprêtaient à gagner la scène avec lui.

Comme elle aurait aimé être assise à l'avant-scène du théâtre pour le voir dans un de ses plus grands rôles, celui qui immanquablement lui attirait les éloges de tous les critiques.

L'un d'eux avait écrit la semaine précédente : *En ce qui concerne Beau Bardsley, je suis à court de superlatifs.*

Et le *Morning Chronicle* : *Dès qu'il apparaît, l'homme cesse d'être humain. Il opère le véritable miracle de s'élever jusqu'aux collines de l'Olympe et d'y transporter son public!*

Simonetta quitta le divan de peluche rouge où elle était assise et d'un geste mécanique commença à mettre un peu d'ordre sur la coiffeuse de son père.

Il y avait, posée là, une miniature de sa mère qu'il

avait toujours dans sa loge; peinte par Richard Cosway, elle était – pensa Simonetta – d'une ressemblance parfaite.

Elle était si belle, avait l'air jeune et si heureuse qu'il semblait impossible qu'elle soit morte et qu'ils ne la revoient jamais plus.

Cosway avait pleinement restitué à ses grands yeux l'adorable lumière qui toujours les éclairait quand elle regardait son mari; l'artiste avait, de même, merveilleusement rendu les ombres étranges dans ses cheveux blonds qui se détachaient contre un fond d'un bleu doux.

Simonetta considéra la miniature et son cœur s'emplit de tristesse comme toujours quand elle pensait à sa mère.

Comment avait-elle pu disparaître si soudainement sans leur permettre de comprendre qu'elle était malade?

« Nous pensions toujours à papa – songea Simonetta – et ce n'est qu'après avoir perdu maman que nous avons compris qu'elle avait besoin de soins. »

Elle ressentait comme une blessure physique cette perte inéluctable.

Replaçant la miniature dans son écrin de velours, elle jeta un coup d'œil sur le miroir où se reflétait son propre visage et vit combien elle ressemblait à sa mère.

Elle avait les mêmes cheveux blonds, les mêmes grands yeux et la même courbe douce des lèvres.

Le visage de Simonetta avait également certains traits de celui de son père.

Son profil grec semblait lui donner une certaine spiritualité, rare chez les acteurs, et ce même trait rendait Simonetta très différente des autres jeunes filles de son âge.

Il n'était pas douteux qu'elle était ravissante!

De même, il y avait chez elle quelque chose d'unique – et qui expliquait pourquoi Beau Bardsley la tenait à l'écart des gens qui fréquentaient sa loge à Drury Lane, et pourquoi il ne les invitait jamais chez lui, bien qu'il eût envers eux une attitude amicale.

Depuis le jour où Beau avait causé un des plus grands scandales que Bath ait jamais connu, il avait toujours tenu secrète sa vie familiale. Il avait fermement décidé de ne jamais exposer sa femme aux mœurs libres et légères du monde du théâtre.

Le scandale en question se produisit alors que, jouant avec Mrs Siddons ses dernières représentations avant de partir pour Londres avec elle, il avait remarqué une jeune fille dans une loge d'avant-scène.

Rien de surprenant à ce qu'il l'ait remarquée car elle était là chaque jour. Dans l'après-midi, une suivante ou un valet l'accompagnait généralement, et le soir elle était en compagnie d'un couple d'un certain âge; Beau apprit plus tard qu'il s'agissait de son père et de sa mère.

A Bath, nombreux étaient ceux qui purent lui parler d'Annabel Winslow.

Sa beauté avait conquis la société élégante de Bath qui se pressait dans les salles de bal et autres lieux de réunion.

Dandys et jeunes élégants la fêtaient et recherchaient sa compagnie, et elle était adulée par les aristocrates vieillissants, pour lesquels ses manières étaient tout aussi charmantes que son apparence.

L'annonce de ses fiançailles avec lord Powell parut enchanter toute la ville. La fortune et la distinction de l'élu étaient reconnues par tous les familiers de la célèbre ville d'eaux.

Il s'y était rendu pour soigner de vagues rhumatismes, mais la simple vue d'Annabel l'avait guéri... Cependant il y avait laissé son cœur!

La demande en mariage de lord Powell était sans doute la plus importante proposition qu'Annabel ait jamais reçue, et son père, Sir Harvey Winslow, s'était empressé d'accepter en son nom.

Mais personne ne comprit que, si lord Powell était épris, Annabel était également amoureuse. D'un autre...

Ses parents n'avaient nullement été surpris ou inquiétés par sa passion pour le théâtre. Après tout, pensaient-ils, ce ne pouvait être qu'excellent pour son éducation que d'assister à des représentations de Shakespeare; et le jeu de Mrs Siddons, dans le rôle de Lady Macbeth ou celui de Desdémone, était, autour de la buvette, l'objet de toutes les conversations.

Sir Harvey et lady Winslow estimaient, eux aussi, qu'elle était excellente dans la version de *Hamlet* de Garrick et n'avaient pas remarqué particulièrement l'acteur qui jouait le personnage de Hamlet.

Ils furent cependant stupéfaits et ahuris – comme toute la ville de Bath – quand Annabel s'enfuit avec Beau Bardsley.

Quand Mrs Siddons partit pour Londres et Drury Lane, Annabel et Beau la suivirent.

Sir Harvey déshérita sa fille et regagna ses propriétés du Dorset, en déclarant qu'il souhaitait ne jamais plus entendre parler d'elle.

Annabel, cependant, était suprêmement heureuse avec l'homme qu'elle avait choisi comme époux, et quand Simonetta vint au monde, en 1785, elle se considéra comme la femme la plus comblée.

En ce qui concernait Beau, jamais, depuis l'instant de son mariage, sa vie ne donna prise au moindre scandale.

On aurait pu s'attendre à ce qu'il soit poursuivi par des femmes de toutes classes et de toutes sortes, mais, malgré une parfaite courtoisie et une réelle amabilité, il s'arrangeait pour échapper aux rencontres à l'extérieur du théâtre.

Sitôt la représentation terminée, il regagnait sa petite maison de Chelsea où l'attendaient Annabel et Simonetta; il n'aspirait à aucune autre compagnie que la leur.

Peut-être son attitude plus que stricte envers Simonetta était-elle due à un certain puritanisme hérité de son vicaire de père, ou à un sentiment de culpabilité à l'égard de ses parents.

Simonetta n'avait nullement conscience que sa vie était différente de celle des autres enfants, ou que sa mère et elle n'auraient pas été plus privées de contacts avec le monde si elles avaient vécu sur une île déserte.

Dès l'instant où Beau Bardsley quittait la maison jusqu'au moment de son retour, l'activité ne tournait qu'autour de sa personne afin que tout soit parfait quand il rentrerait.

Quand elle était encore toute petite, Simonetta entendait déjà : « Tu ne dois pas ennuyer ton père » et, en conséquence, son seul but dans la vie était de le rendre heureux.

Le seul divertissement dans la routine de cette vie retirée était le théâtre, quand elles s'y rendaient pour voir Beau dans un nouveau rôle.

C'est alors qu'il semblait à Simonetta une personne bien différente de l'homme qui la tenait sur ses genoux et la câlinait.

Sur scène, son père devenait un chevalier comme ceux dont elle lisait l'histoire dans ses livres.

Il y avait aussi en lui quelque chose de spirituel et d'exaltant qui lui faisait penser aux anges auxquels elle croyait depuis que sa mère lui avait appris à dire sa prière.

Si le public adorait Beau Bardsley pour sa présence en scène et pour les heures presque magiques qu'il lui faisait vivre, sa fille l'adorait parce que, pour elle, il personnifiait tout ce qui était beau et noble.

En dépit de la pauvreté de son père, Beau avait reçu une excellente formation.

Parce qu'il était fils de clergyman, il avait été accepté dans des collèges privés à des tarifs de faveur – et les rôles qu'il jouait lui avaient donné une maîtrise de la langue en même temps qu'une connaissance de l'histoire qu'il avait fait partager à sa fille.

Bien qu'elle n'ait jamais fréquenté l'école et n'ait jamais connu la compétition avec d'autres enfants, Simonetta avait une culture bien supérieure à celle considérée comme nécessaire pour une fille à cette époque.

En fait, elle recevait, de son père, une formation intellectuelle de garçon tandis que sa mère veillait à lui donner les talents jugés indispensables à toute jeune fille bien élevée.

La mort de sa mère plongea Simonetta dans une solitude qu'elle n'avait jamais connue auparavant.

Débutèrent alors pour elle les interminables journées à la maison emplies par les seuls échanges avec sa vieille nurse et l'attente du retour de son père.

Elle découvrit ainsi, pour occuper ses longs loisirs, la lecture des journaux et prit un immense plaisir aux anecdotes que son père lui contait chaque soir.

Alors qu'auparavant, beau Bardsley s'entretenait avec sa femme des problèmes et des querelles du théâtre, ainsi que des scandales et des potins concernant les gens qui lui rendaient visite dans sa loge, c'était à Simonetta maintenant qu'il se confiait.

Dans le passé, elle avait toujours été tenue à l'écart du monde extérieur, mais à présent, sa femme n'étant plus auprès de lui, Beau permettait à Simonetta de prendre sa place.

C'est à dix-huit ans que, pour la première fois, elle commença à comprendre que certaines choses de la vie lui étaient refusées. Elle entendait parler de bals, de grandes soirées données à Carlton House, et de dîners à Almack's Club où l'on ne pouvait être admise sans être recommandée par l'une des hôtesses, grandes dames de la société.

– Pourrai-je aller à un bal, papa? demanda-t-elle un certain soir à Beau.

Il était revenu du théâtre en lui disant qu'il avait refusé une invitation à une soirée à laquelle le prince de Galles devait être présent.

Beau Bardsley regarda sa fille comme s'il la voyait pour la première fois.

Elle était ravissante dans sa robe de mousseline dont la taille haute soulignait la courbe douce des seins et sa peau blanche paraissait d'albâtre contre le velours rouge de la chaise sur laquelle elle était assise.

En fait, elle était si jolie qu'il en retint son souffle. Elle ressemblait trait pour trait à Annabel, le premier jour où ils s'étaient rencontrés.

– Un bal, ma chérie? répéta-t-il, comme s'il pensait à autre chose.

– Oui, papa. As-tu oublié que j'ai dix-huit ans? Maman m'a parlé du bal donné pour elle, son bal de débutante, et j'aimerais tellement moi aussi participer à un bal.

Il la regarda longuement.

– C'est impossible! dit-il,

– Pourquoi? demanda Simonetta.

Il se leva, marchant de long en large comme s'il

cherchait les mots pour lui répondre, et dit finalement :

– Il est sans doute préférable que tu saches la vérité. Le *beau monde* ne m'invite que parce que je suis une célébrité... une célébrité, mais seulement un acteur. Les gens de la bonne société trouvent amusant d'accueillir ceux qui ont atteint le sommet dans leur profession.

Puis, d'une voix plus dure, il ajouta :

– ... Mais alors qu'ils m'acceptent, leurs femmes et leurs filles n'accepteraient pas ma femme ou ma fille.

– Pourquoi, papa?

– Parce qu'un acteur ne peut jamais se situer, socialement, sur un plan d'égalité avec les gens de naissance noble. Parce que je suis ce que j'ai choisi d'être..., tu dois souffrir.

L'ayant regardé avec des yeux immenses, Simonetta dit d'une voix hésitante :

– Bien que tu sois un acteur, tu es un... gentleman, papa. Ton père avait été fait chanoine avant de mourir... C'est ce que maman m'a dit.

– Mon père avait honte de moi, répliqua Beau Bardsley. Il avait décidé que j'entrerais dans les ordres. Il voyait en moi un homme susceptible d'animer une congrégation par son éloquence en chaire. (Il eut un sourire grimaçant.) Je doute que ma congrégation ait jamais empli Drury Lane.

– Les Winslow étaient une famille terrienne très respectée en Dorset, poursuivit Simonetta avec insistance.

– Et combien de fois, demanda Beau Bardsley, as-tu été invitée à séjourner chez ton grand-père et ta grand-mère?

Il y eut un long silence.

– Je crois que... je comprends.

– Si j'étais destiné à être puni pour avoir fui avec ta mère et connu ainsi le plus grand bonheur que puisse connaître un être humain, c'est maintenant que je le suis, dit Beau Bardsley. Car vois-tu, ma chérie, je ne peux te donner tout ce que je souhaiterais pouvoir te donner.

Simonetta s'était jetée dans ses bras.

– Tu ne dois plus y penser, papa. Je suis heureuse, terriblement heureuse, simplement avec toi. Crois-tu que je me soucie de bals quand j'ai la chance de te regarder jouer et d'être avec toi quand tu rentres à la maison?

Beau Bardsley s'était tu, se contentant de baisser la tête et d'embrasser sa fille sur la joue.

Puis il dit, presque dans un murmure :

– La Bible a raison. Les enfants sont punis pour les péchés du père.

La peine qu'exprimait la voix de son père n'avait pas échappé à Simonetta. Plus jamais elle n'avait fait allusion aux plaisirs de la société élégante ou au désir bien naturel qu'était le sien d'y prendre part. Mais elle écoutait peut-être plus intensément encore les histoires de son père.

Chaque soir, à l'heure du dîner, elle s'informait des visiteurs venus le voir et demandait qui occupait les principales loges du théâtre.

De même, elle le cajolait pour qu'il lui raconte les potins concernant les personnalités du *beau monde.*

Ce n'était pas par goût du scandale; elle était simplement curieuse de la vie des gens qui vivaient au-delà de la petite maison de Chelsea, gens qui, pour elle, étaient beaucoup moins réels que les personnages de Shakespeare ou ceux qu'elle aimait dans *School for Scandal* (1) – la pièce de Sheridan.

(1) *L'École de la médisance.*

Ainsi, Sir Peter Teazle, Sir Benjamin Backbite et Sir Harry Bumper comptaient plus dans sa vie que le prince de Galles et tous les dandys qui l'accompagnaient dans la loge royale de Drury Lane.

Quand elle allait au théâtre, elle regardait autour d'elle, essayant d'identifier quelques-unes des personnalités dont son père lui avait parlé.

Tandis qu'elle l'attendait dans la loge, elle entendit les applaudissements qui commençaient à gronder comme un lointain tonnerre; se levant, elle ouvrit la porte pour laisser la vague d'acclamations lui parvenir dans toute sa force.

Une fois encore, elle le savait, le public succombait à l'enchantement et à la magie du talent de son père; il l'exprimait debout, battant des mains tandis que celui-ci saluait en s'inclinant à chacune des ovations.

Elle se tenait sur le seuil de la porte, regardant le corridor faiblement éclairé par des chandelles posées dans des candélabres de bois.

Se souvenant alors que les autres acteurs regagneraient leur loge, eux aussi, par ce même couloir, elle ferma bien vite la porte.

Son père revint, suivi de Joe qui l'avait attendu dans les coulisses. Ses joues étaient colorées et, dans ses yeux, il y avait cette lumière qui les éclairait toujours après une représentation particulièrement réussie.

– Il t'ont apprécié, papa!

– Jusqu'à présent, tout a bien marché, répondit Beau Bardsley.

Il se tourna vers la coiffeuse et fut pris soudain d'une terrible quinte de toux.

Pour avoir été contenue trop longtemps, la crise atteignit très vite son paroxysme.

Joe et Simonetta l'aidèrent à gagner sa chaise et,

quand enfin la crise prit fin, la sueur ruisselait de son front et il était secoué de tremblements.

Cette fois encore, un cognac allongé d'eau le ranima.

Simonetta savait que Joe avait forcé sur l'alcool.

Il leur fallut un réel effort pour parvenir à le changer à temps, et pour lui, ce fut un effort presque surhumain – elle en avait conscience – d'obéir à la voix du régisseur quand celui-ci cria impérieusement :

– Une minute, Mr Bardsley!

Il y avait dans sa voix une légère note de blâme car l'acteur principal aurait déjà dû être dans les coulisses.

Joe accompagna son maître jusqu'à la scène, puis revint.

– Il est très mal, miss Simonetta! dit Joe à peine entré dans la loge.

– Je le sais, Joe, mais il refuse de se reposer. Je l'ai supplié de ne pas venir aujourd'hui.

– Il se tuera s'il continue. Souvenez-vous de ce que je vous dis, miss Simonetta!

– Le docteur le lui a dit, mais il ne veut pas... écouter... et il a besoin de travailler.

– Je comprends, miss.

– Vous ne le quittez pas depuis de nombreuses années, Joe. Vous savez aussi bien que moi qu'il n'a jamais économisé un centime.

– Je sais, miss, et, samedi matin, ils seront tous autour de lui comme des vautours. Je pense souvent que tout l'argent de ses gains s'en va dans d'autres mains.

– S'il pouvait tenir encore un peu plus... longtemps, il aurait droit à une... pension, dit Simonetta.

– Dieu sait que ce serait mérité! affirma Joe. Mais les affaires du théâtre ne sont pas très prospères, excepté quand le maître est à l'affiche; et j'ai comme un sentiment que la direction pense avec effroi qu'il pourrait partir en vacances s'il recevait cet argent.

– C'est ce qu'il devrait faire, répliqua Simonetta. Pas plus tard qu'hier, le médecin a déclaré qu'il avait besoin d'un climat plus clément durant l'hiver. Novembre approche et il ne pourra jamais supporter les brouillards et les vents froids.

Tous deux échangèrent un regard anxieux et Joe, comme s'il se refusait à poursuivre sur ce sujet pénible, trancha en disant :

– J'emporte un verre de cognac en coulisses. S'il est pris d'une autre quinte, ce sera le seul recours efficace.

Simonetta se tut et retourna s'asseoir sur le divan.

L'avenir s'annonçait sombre. Elle s'interrogeait sur ce qu'aurait fait sa mère.

Son regard se posa sur la petite miniature posée sur la coiffeuse.

– Oh, maman, murmura-t-elle, aide-nous. Comment papa peut-il continuer ainsi? Joe dit qu'il se tuera. Que deviendrai-je alors? Maman, viens à notre aide. Tu ne peux ignorer dans quelle situation nous sommes.

Elle sentit ses yeux s'emplir de larmes.

Redoutant que son père découvre qu'elle avait pleuré, elle se hâta de sécher ses yeux.

Simonetta ne pouvait, sans souffrir, se rappeler ce qu'avait été la douleur de son père à la mort de sa mère. Elle avait craint à plusieurs reprises qu'il ne perde la raison et, comme elle seule était susceptible de lui redonner courage, elle n'avait pas le droit de se laisser aller à pleurer devant lui.

Elle avait parfois l'impression que seule son attitude l'avait soutenu et l'avait empêché de s'effondrer.

Elle attendit. Soudain, les applaudissements éclatèrent et elle comprit que le spectacle était terminé.

« Je dois le ramener à la maison le plus vite possible, pensa-t-elle. Joe appellera une voiture qui nous attendra devant la porte; Nanna aura préparé le dîner et il pourra se coucher immédiatement. »

Elle se demanda s'il ne serait pas plus sage qu'il renonce à se changer et rentre à la maison dans son costume de scène.

Son père était très pointilleux pour ce qui était de son apparence; mais personne ne serait là pour le voir et, de toute façon, sa longue cape grise dissimulerait le pourpoint de Hamlet.

« Je suis certaine que ce serait sage », décida Simonetta.

Le bruit venant de la salle avait diminué; les acteurs parlaient dans le couloir. Elle entendit la voix de son père qui disait :

– Si Votre Grâce veut bien attendre un instant. Je vais voir si la loge n'est pas trop en désordre.

– Mon cher Bardsley, répliqua le visiteur, j'ai fréquenté suffisamment de loges pour ne pas m'inquiéter de leur ordre ou de leur désordre.

Simonetta comprit que cette précaution de son père n'était qu'un avertissement à son intention et, soulevant rapidement le rideau, elle se glissa derrière juste comme la porte s'ouvrait.

– Comme j'aurais pu m'y attendre, remarqua la voix de l'inconnu sur un ton amusé, votre loge est un modèle de netteté et qui certainement ne sent pas le cotillon!

– Votre Grâce a raison.

Beau Bardsley avait répondu d'un ton brusque comme si l'insinuation lui avait déplu.

– Je n'ignore pas, Bardsley, reprit le visiteur, que vous avez hâte de rentrer une fois la représentation terminée, mais il fallait que je vous voie, j'ai besoin de votre aide.

Beau Bardsley eut un rire léger.

– Mon aide? Comment pourrais-je être d'une quelconque aide au duc de Ravenstone?

Simonetta comprit que son père avait intentionnellement donné son titre au visiteur afin d'en informer sa fille et de l'avertir qu'elle ne devait en aucun cas révéler sa présence.

– Votre Grâce prendra-t-elle un alcool?

– Non, merci.

Simonetta devina, sans être à même de le voir, que le duc occupait le divan qu'elle venait de quitter.

– J'irai droit au fait, dit-il. J'ai besoin d'une actrice...

– Dans ce cas, Votre Grâce n'a pas frappé à la bonne porte, interrompit sèchement Beau Bardsley. Vous ne pouvez pas ignorer que je ne me suis jamais prêté à ce genre de manœuvres et n'ai jamais présenté à qui que ce soit aucun membre de la troupe, ici ou dans n'importe quel autre théâtre.

Le duc rit et répondit :

– Mon cher Bardsley, vous suivez une fausse piste et m'accusez à tort! Si je désirais rencontrer une actrice pour ce que vous imaginez, ce me serait très facile et je n'aurais pas besoin de votre intermédiaire!

– Alors, en quoi puis-je vous venir en aide? demanda Beau Bardsley d'une voix soudain différente.

– C'est une longue histoire, mais je serai bref. Ma sœur a épousé un Écossais du nom de McCraig. Il est mort maintenant, mais mon neveu Alister McCraig est, lui, bien vivant et il a épousé Kitty Warden, il y a un peu plus d'un an. Vous vous souvenez de Kitty?

– Dieu, si je m'en souviens! s'exclama Beau Bardsley. Mais j'ignorais complètement que McCraig était votre neveu!

– Je n'ai pas pour habitude de m'occuper des problèmes de ma famille, poursuivit le duc. En fait, ils me mettent hors de moi, mais je connaissais Kitty quand elle était sur les planches. Qui ne la connaissait?

Il se tut quelques instants comme s'il attendait d'entendre confirmer ce qu'il venait de dire et Beau Bardsley répondit automatiquement :

– Qui ne la connaissait, oui, comme vient de le dire Votre Grâce...

– Et... fort surprenant... elle a rendu mon neveu très heureux; mais Kitty est restée ce qu'elle était! Bien qu'elle ne monte plus sur scène, elle est toujours la même Kitty qui chantait ces terribles chansons grivoises.

– Je me les rappelle très bien, dit Beau sèchement.

– Alors vous imaginez sans peine, avec ses cheveux roux et sa poitrine voluptueuse dont la générosité n'a fait que croître depuis deux ans, l'impression qu'elle pourrait faire sur le grand-oncle de son mari, le McCraig de McCraig!

– Il me semble avoir entendu parler de lui, remarqua Beau Bardsley.

– Certains l'appellent le roi d'Écosse sans couronne, ce qui est certainement juste en ce qui concerne son propre clan, et c'est, entre parenthèses, un homme extrêmement riche.

Simonetta avait conscience que son père s'impatientait, comme s'il avait hâte de savoir où le duc voulait en venir.

– Je suis navré de vous importuner avec tout ceci, dit le duc, mais le fait est simplement que ma sœur a, depuis des années, essayé d'amener le

McCraig à s'intéresser à Alister; mais, chef de clan, il peut disposer de son propre argent comme il le désire.

Simonetta pensait qu'à cet instant du récit, son père devait être aussi intéressé qu'elle-même.

– Continuez, l'entendit-elle dire.

– Et voilà que, soudainement, le McCraig a annoncé son intention de venir à Londres. Il veut voir le Premier ministre au sujet des affaires écossaises et a informé mon neveu Alister de son désir de rencontrer sa femme. (Le duc reprit après une pause :) Il n'est pas douteux, s'il approuve le mariage, qu'il cédera aux désirs de ma sœur et fera d'Alister son héritier.

Il y eut un silence avant que Beau Bardsley ne réponde :

– Pour parler franc, je dirai, Votre Grâce, qu'il semble très invraisemblable que le beau-père de votre sœur approuve le choix de Kitty.

– Nous en avons conscience vous et moi, mais Alister également. (Le duc reprit après quelques instants de silence :) ... C'est pourquoi, Beau Bardsley, vous êtes la seule personne susceptible de m'aider.

– Et comment cela?

– En me trouvant une actrice qui, durant deux jours, puisse jouer le rôle de la femme de mon neveu. L'affaire se résume à cela. Une femme qui, pendant deux jours seulement, jouera le rôle d'une lady; et cela de façon assez vraisemblable pour persuader un vieil Écossais austère qu'elle est bien l'épouse qui convient à son héritier.

– Etes-vous sérieux? demanda Beau.

– Absolument! répondit le duc. J'ai longuement réfléchi à la question, et cette solution me semble la seule capable de permettre à Alister de recevoir immédiatement une belle somme d'argent et d'hériter quelque chose comme un million à la mort de McCraig.

– Tant que cela?

– Peut-être davantage!

– Vous croyez vraiment qu'il pourrait être victime d'une telle supercherie?

– Et pourquoi pas? s'exclama le duc. Vous, les acteurs, êtes créateurs d'illusion et amenez le public à croire ce que vous désirez qu'il croie. Dans la salle, ce soir, la moitié des femmes présentes pleuraient en croyant à votre mort.

– C'est différent sous les feux de la rampe, murmura Beau Bardsley.

– Le travail d'un acteur consiste à créer l'illusion qui pour le spectateur devient réalité. Le public croit à la vérité de ce que vous faites ou dites. Je demande à une femme de faire croire à un homme de quatre-vingts ans qu'elle est une personne honnête et respectable. Ce ne devrait pas être très difficile.

– Je ne vois vraiment pas qui pourrait tenir un tel rôle; aucune actrice ne me vient à l'esprit, dit Beau Bardsley.

– J'admets que ce ne soit pas facile de trouver la personne qui corresponde complètement au rôle; mais vous êtes un gentleman, Bardsley, et c'est pourquoi je suis venu à vous. Je ne veux pas que le vernis craque trop rapidement.

Beau Bardsley sembla réfléchir et dit enfin :

– Pour le moment, je ne vois personne qui puisse convenir. Il y a bien Judith Page qui a toujours tenu les emplois de femmes du monde et de personnes de qualité, mais elle est trop âgée. Il y a Sylvia Verity.

– Grand Dieu, pas elle! s'exclama le duc. Un verre, et son accent distingué disparaît!

– Je sais, reconnut Beau Bardsley.

– Il doit bien y avoir quelqu'un, peut-être une nouvelle actrice, insista le duc. On ne lui demande pas grand-chose, si ce n'est d'être réservée, et je lui apprendrai les quelques rudiments nécessaires.

Beau Bardsley sûrement lui avait jeté un regard aigu, car le duc dit vivement :

– Rien de ce que vous pensez, Bardsley. J'en fais le serment! Il s'agit strictement d'affaires, et si la jeune fille est pure elle quittera ma maison aussi pure qu'elle y est entrée, je vous le promets!

– *Votre* maison? dit Bardsley.

– Mon neveu loge actuellement à Ravenstone House, à Berkeley Square. J'ai invité le McCraig à y demeurer aussi durant les deux jours qu'il passera à Londres. Je veillerai à ce que votre protégée ne soit jamais seule avec lui, à aucun moment. L'un de nous deux, Alister ou moi, sera là pour combler une quelconque lacune ou pour répondre à n'importe quelle question difficile.

Beau Bardsley resta silencieux et le duc poursuivit :

– Peut-être aurais-je dû mentionner que je songe à rémunérer comme il convient cette mission exceptionnelle – la somme serait de cinq cents guinées.

Il rit.

– Vous semblez surpris, Bardsley?

– Votre Grâce, c'est une somme énorme!

– Je suis prêt à payer bien davantage pour assurer l'héritage de mon neveu. Comme je vous l'ai déjà dit, un million vaut bien cela!

– Je suppose qu'il devrait être possible de trouver quelqu'un qui convienne, avoua Beau Bardsley. Elles sont des milliers qui sauteraient sur la chance de gagner une telle somme! Mais elles pourraient vous laisser en panne – ce serait trop risqué!

– Je savais que vous étiez la seule personne qui

comprendrait, dit le duc. C'est pourquoi je me suis imposé à vous, tout en sachant que cet entretien vous importunerait.

– Je vous dois des excuses si j'ai semblé impoli.

– Pas du tout! Nous savons tous que vous rejoignez votre maison de Chelsea et votre famille qui ne doit pas être contaminée par des gens comme moi, n'est-ce pas?

La voix du duc avait un ton rieur.

– Votre souci, poursuivit-il, qui touche à l'obsession, de vouloir garder secrète votre vie privée a peut-être irrité beaucoup de gens; mais, pour ma part, je vous admire de le faire!

– Je remercie Votre Grâce.

Simonetta entendit le duc se lever.

– Si vous me faites faux bond, Bardsley, je jure que vous serez le premier sur la liste de mes ennemis!

– Je souhaiterais que vous demandiez l'aide de quelqu'un d'autre, avoua Beau Bardsley.

– Vous connaissez la réponse, répliqua le duc. Il n'y a que vous. Personne d'autre ne serait capable de comprendre ce dont je parle! Je veux une lady, Bardsley, et je crois qu'à part vous, il n'est pas dans ce théâtre un autre acteur susceptible de reconnaître une « dame », s'il la rencontrait.

– Votre Grâce est acerbe.

– Dieu sait que ce n'est pas dans mes intentions. Le théâtre m'a donné plus de joie qu'à quiconque, ajouta le duc. Vous vous rappelez Perdita? Et Rosa Lenin? Et cette séduisante petite créature qui fit un scandale quand j'essayai de me débarrasser d'elle. Comment s'appelait-elle?

– Betty Wilson!

– Oui, bien sûr! Betty Wilson! Elle avait même payé des hommes pour briser les fenêtres de Ravenstone House. Je ne vois aucune d'elles tenant le rôle. Vous et moi savons exactement ce qui est requis et, comme je l'ai dit, vous seul êtes capable de trouver cette comédienne.

– Je pense que la chose se révélera impossible! répondit lentement Beau Bardsley.

– Je vais vous dire ce que ferai, dit le duc. Je donnerai à la dame – et elle aura avantage à en avoir l'air – cinq cents guinées, et il y aura cinq cents autres guinées pour vous à dépenser au profit de la canaille qui vous harcèle avec ses histoires de vieilles mères mourant dans des mansardes! Un millier de guinées, Bardsley! Cela devrait vous payer de votre peine.

Bardsley ne répondit pas et le duc ajouta :

– Envoyez-moi la créature de votre choix à Ravenstone House demain, une heure avant midi. Cela devrait nous donner le temps à mon neveu et à moi-même d'instruire la personne des points importants de la situation, avant que le vieil homme n'arrive pour le lunch. (Le duc ouvrit la porte.) Mille guinées, mon cher! C'est une somme qui mérite réflexion!

2

Beau Bardsley s'effondra contre les coussins de la voiture et ferma les yeux.

Sa cape dissimulait le costume de velours noir qu'il portait au dernier acte, mais il avait retiré son maquillage, et la lumière vacillante que projetaient les lanternes permit à Simonetta de voir combien il était pâle.

Après avoir roulé pendant un temps en silence, elle se risqua à dire :

– Pourras-tu faire... ce que le duc... t'a demandé?

– J'imagine que c'est impossible de trouver en si peu de temps le genre de personne dont il a besoin.

Il avait parlé d'une voix moins lasse et Simonetta reprit quelques instants plus tard :

– Nous avons besoin de cinq cents guinées, papa.

– Je le sais, mais un rôle à jouer en dehors de la scène est tout différent de celui qu'on tient sur les planches.

– Pourquoi?

– Parce que les acteurs répètent les textes qui leur sont confiés, et la plupart des femmes dans la profession sont sans culture et de réputation douteuse.

Le silence tomba; puis, comme s'il savait à quoi

pensait sa fille, Beau Bardsley se hâta de poursuivre :

– ... Pas Sarah Siddons; elle était, elle, tout à fait différente. Mais il serait plus facile de trouver un acteur pour incarner un gentleman que de trouver une actrice pour jouer le rôle d'une lady.

Ce fut Simonetta qui rompit le silence et qui dit d'une petite voix :

– Papa... nous avons terriblement... besoin... de cinq cents guinées! Je ne pourrais pas... jouer le... rôle pour... toi?

Se raidissant soudain Beau Bardsley s'écria :

– As-tu perdu l'esprit? As-tu pensé un instant que je te permettrais de faire une telle chose ou de te rendre chez cet homme?

– Je t'ai entendu... parler du duc, papa!

– Alors, tu connais sa réputation et tu sais combien je le méprise.

– Mais pourquoi, papa? Qu'a-t-il fait?

– Il incarne la luxure et la débauche. Tu sais comment ils l'appellent quand il a le dos tourné?

– Non, papa. Comment le saurais-je?

– Ils l'appellent « Sa Disgrâce », et c'est le terme qui lui sied.

– Mais, papa, que fait-il donc?

– Je me refuse à souiller tes oreilles en te répétant les scandales auxquels il a été mêlé, ou le danger qu'il constitue pour les femmes – non seulement dans son propre monde, mais aussi dans les coulisses des théâtres et dans les cabarets de Londres.

– Tu veux dire qu'il... court après les femmes?

– Et qu'elles courent après lui, répondit Beau Bardsley. Il a plus de charme que n'importe quel autre homme et il s'en sert merveilleusement pour arriver à ses fins.

Son père parlait avec une telle violence que Simonetta le regarda avec appréhension, redoutant qu'une autre quinte de toux ne survienne.

– J'ai connu nombre de ses victimes; je sais combien de cœurs il a brisés, combien d'existences il a ruinées, et le mal qu'il a fait d'une façon ou d'une autre! Si tu tiens à savoir la vérité, je le méprise!

– Tu as été très poli avec lui, papa.

– Comment pouvais-je être autrement? demanda Beau Bardsley. Un aristocrate qui occupe sa position pourrait me faire un tort irréparable si j'étais amené à m'en faire un ennemi!

– Comment pourrait-il te faire du mal?

– Il est inutile de discuter plus avant. Je vais essayer de faire ce qu'il désire. Je souhaite seulement trouver la jeune femme qui puisse convenir. (Le silence retomba, puis Beau Bardsley soudain dit d'un ton presque féroce :) On penserait qu'il aurait pu trouver quelqu'un lui-même. Il connaît suffisamment de femmes, mais, bien sûr, pas de l'espèce susceptible de faire illusion.

Simonetta se tut, mais tandis que la voiture roulait elle commença à souhaiter sincèrement que son père découvre la personne souhaitée par le duc et qu'il touche ainsi les cinq cents guinées.

Cet argent lui permettrait d'aller à l'étranger comme le souhaitait le docteur.

Elle était certaine que sa toux guérirait au soleil d'Italie, qu'il reprendrait du poids et retrouverait la force qu'il avait quand elle était enfant.

Elle se souvenait de son extraordinaire vitalité qui métamorphosait l'atmosphère dès qu'il entrait quelque part.

– Papa est de retour, maman!

Elle n'avait pas oublié combien elle était heureuse en bondissant dans l'escalier pour ouvrir la porte avant que son père ait eu le temps de toucher le heurtoir.

– Papa! Papa!

Elle entourait alors son cou de ses deux bras, et il la soulevait en la faisant tourbillonner jusqu'à ce qu'elle en soit étourdie, ou bien il la chatouillait pour l'entendre rire aux éclats.

Il était alors un tout autre homme que celui qui, maintenant, regagnait chaque soir avec peine sa maison de Chelsea – trop fatigué parfois pour faire honneur au dîner que Nanna avait préparé pour lui.

« Il doit prendre du repos! Il faut qu'il parte! » se répétait Simonetta.

A nouveau elle appela sa mère à leur aide, sentant que, bien qu'elle fût au paradis en lequel elle avait toujours cru avec tant de ferveur, elle réussirait à être près de l'homme qu'elle avait aimé de tout son cœur et de toute son âme.

– Tu dois m'aider, maman, murmura Simonetta. Papa est en danger s'il ne se repose pas!

La voiture, maintenant, avait atteint Sloane Square et descendait King's Road.

« Aussitôt qu'il aura mangé un peu – pensa Simonetta – il doit aller se coucher. S'il a l'intention de trouver l'actrice dont le duc a besoin, il faudra qu'il se lève de bonne heure. »

Les chevaux s'immobilisèrent et la jeune fille posa la main sur le bras de son père.

– Nous sommes arrivés, papa!

– A la maison...?

Il parut troublé et perdu pendant quelques secondes; puis avec effort il descendit de la voiture à la suite de Simonetta, baissant la tête pour sortir.

Etait-ce ce simple geste trop pénible pour lui, ou le vent soufflant au coin de la rue, toujours est-il qu'il fut pris d'une quinte qui le força à demeurer courbé.

Nanna, qui les attendait, ouvrit la porte et, tandis qu'il continuait à tousser, elles l'aidèrent à monter l'escalier.

Le bruit rauque de sa toux semblait résonner dans toute la maison.

– Aidons le maître jusqu'à l'étage, dit Nanna. Nous devons essayer de le persuader de se coucher immédiatement; s'il redescend, il voudra se changer.

Simonetta passa le bras autour de la taille de son père, mais le cocher qui les avait suivis à l'intérieur intervint.

– Auparavant... 'vais aider Sa Seigneurie, dit-il. 'Suis fier de le faire! Moi et la petite mère, on a bien souvent attendu des heures pou' l'voir sur la scène.

La toux était moins violente maintenant, mais elle l'avait épuisé; il donnait l'impression qu'il se serait effondré sur le sol si Nanna ne l'avait pas soutenu.

C'est littéralement porté par le cocher et Nanna qu'il monta les escaliers et gagna sa chambre.

C'était la mère de Simonetta qui avait insisté pour que la plus belle pièce de la maison ne soit pas le salon, mais la chambre à coucher.

– Papa est si peu à la maison, avait-elle expliqué, et nous ne recevons jamais. Ce sera tellement mieux de faire de la chambre à coucher un lieu où il puisse non seulement se reposer mais aussi étudier ses rôles.

Et c'est ainsi que la pièce en façade, avec ses trois larges fenêtres, avait été meublée avec tous les trésors que la mère de Simonetta avait accumulés au cours des années.

Pour permettre à la pièce de servir de salon, elle avait également placé un sofa et quelques fauteuils, et Beau s'étendait généralement sur son lit tandis que sa femme cousait auprès du feu.

Quand Simonetta était petite, elle s'asseyait tout près de lui, les jambes croisées, lisant des extraits de ses contes de fées.

Alors qu'elle ne s'en rendait pas compte à l'époque, ces lectures étaient de véritables leçons de diction : son père, en effet, reprenait sa prononciation, ses intonations et son débit, qualités pour lesquelles il était célèbre.

Arrivée en haut de l'escalier, Simonetta se précipita pour enlever le dessus de lit afin de permettre au cocher et à Nanna de déposer Beau Bardsley sur les couvertures et de l'installer confortablement contre les oreillers.

– Merci, dit Simonetta au cocher, comme il se dirigeait vers la porte. Combien vous devons-nous?

– Oh... ce sera gratuit pou'l'patron. 'Suis assez payé comme ça, avec le plaisir qu'i' m'a donné.

– Oh merci! s'exclama Simonetta.

Cette façon qu'avaient les gens simples de parler de son père ne manquait jamais de la toucher.

– Maint'nant... vous prenez soin de lui, continua-t-il en descendant l'escalier. J'aime pas trop sa mine... me plaît pas beaucoup. Feriez bien de voir tout de suite le docteur... sinon le Lane perdra le plus grand acteur qu'a jamais eu.

– Je vais le faire et je vous remercie, dit Simonetta tout en fermant la porte derrière lui.

Elle monta l'escalier en hâte pour trouver Nanna qui, debout sur le palier, regardait avec inquiétude le mouchoir qu'elle tenait à la main.

– Qu'y a-t-il? demanda-t-elle à voix basse.

– Il faut appeler le docteur, dit Nanna. Il crache le sang – on ne peut pas le laisser ainsi!

– J'y vais!

– A cette heure de la nuit? demanda Nanna. Je ne le permettrai pas. Vous trouverez son lait chaud tout prêt sur le coin du fourneau. Persuadez-le de le boire et je reviendrai aussi vite que possible.

– Attendez une seconde. Je vais demander au cocher d'aller chercher le Dr Lesley.

Descendant l'escalier en courant, elle réussit à arrêter la voiture juste au moment où celle-ci s'ébranlait.

Le cocher entendit l'appel de Simonetta et arrêta ses chevaux.

– Qu'y a-t-il, jeune dame?

– Seriez-vous assez aimable pour prier le docteur de venir voir mon père? demanda Simonetta. Vous aviez raison. Il est très mal... Vraiment très mal!

– Sûr... que j'irai pour vous. Où il habite, mam'zelle?

– Eaton Square, répondit-elle. Au 82, et son nom est Lesley.

– J'm'en charge! dit le cocher.

Fouettant ses chevaux, il s'élança à travers les rues de Londres à l'allure de quelqu'un qui est conscient de l'urgence de sa mission.

Restées seules, les deux femmes eurent beaucoup de peine à déshabiller l'acteur et à le mettre au lit avant l'arrivée du docteur.

C'était un homme brusque, mais bienveillant, qui jouissait d'une grande réputation parmi les artistes. Il avait connu Beau Bardsley par l'intermédiaire de Sheridan dont il s'était occupé durant des années.

Il n'était pas seulement, Simonetta le savait, le médecin de son père, mais aussi son ami, son admirateur, et sa mère avait en lui une confiance totale.

A la mort de celle-ci, il avait été un précieux secours et Simonetta voyait en lui l'homme grâce auquel son père n'avait pas craqué et avait pu continuer sa carrière.

Il sourit à la jeune fille quand elle l'accueillit dans

le hall, et ce sourire exprimait mieux que des mots l'affection qu'il avait pour elle.

– Oh, docteur, je savais que vous viendriez en recevant mon message! dit Simonetta tout essoufflée.

– C'était une chance que je sois encore à la maison, répliqua le docteur, car je m'apprêtais à aller rendre visite à une vieille comtesse de mes clientes, mais elle peut attendre! Comment est votre père?

– Très mal! Il a réussi à jouer ce soir, mais il n'a tenu qu'avec du cognac, et maintenant il s'est effondré. Nanna dit qu'il a craché du... sang en toussant!

Le docteur pinça les lèvres.

– C'est ce que je craignais. Je vous ai dit, il y a longtemps, qu'il devrait se reposer et je vous ai conseillé de l'emmener sous un climat plus chaud. Ces vents froids sont mortels pour un homme dans son état.

– Je sais, dit Simonetta d'une voix misérable.

– Je suppose qu'il n'y a pas d'argent dans la cagnotte – comme d'habitude? murmura le docteur en montant l'escalier.

Simonetta jugea inutile de répondre.

Le docteur savait, tout comme elle, que chaque centime de ses gains s'en allait en générosités.

Il entra dans la chambre, priant Simonetta d'attendre.

Elle descendit dans le petit salon où sa mère avait l'habitude de se tenir quand elles étaient seules.

Il lui semblait qu'elle y respirait encore la présence de la disparue.

C'était là qu'elle avait étudié, là qu'elle s'asseyait auprès de sa mère, bavardant avec elle au cours des après-midi et des longues soirées tandis que son père était au théâtre.

C'était dans cette pièce même que sa mère avait

communiqué à sa fille sa simple philosophie de la vie que Simonetta avait essayé de faire sienne.

Et la pièce était emplie de portraits et de souvenirs de son père.

Le tableau qui ornait la cheminée avait été peint juste avant qu'il ne quitte Bath avec la belle Annabel Winslow. De même, il y avait une miniature de lui que Cosway avait exécutée en même temps que celle de sa femme.

Trois dessins de lui dans ses plus grands rôles et des caricatures – signées de quelques-uns des plus célèbres dessinateurs du pays – ornaient les murs.

Il y avait aussi des affiches et les hommages reçus par Beau : offerts par les villes où il avait joué, et par les compagnies avec lesquelles il se produisait.

« Maman l'aimait tant, pensa Simonetta. Pourquoi ne peut-elle l'aider maintenant? »

Et insidieusement, comme si quelqu'un le lui suggérait, il lui vint la pensée de ces mille guinées qu'elle pourrait si aisément gagner, si seulement son père lui donnait la permission de le faire.

Elle se souvint alors de la colère dans sa voix quand elle avait suggéré cette idée et avait compris qu'elle ne parviendrait jamais à le persuader.

La porte s'ouvrit et le docteur entra.

Simonetta resta silencieuse. D'un simple coup d'œil, elle sut ce qu'il allait dire rien qu'à l'expression de son visage.

– Votre père est très malade, mon petit, fit-il après quelques instants.

D'une voix que l'émotion rendait presque inaudible, elle demanda :

– Vous voulez dire... qu'il va... mourir?

– Oui, si nous ne faisons pas quelque chose d'efficace pour le sauver, répliqua le docteur.

– Que pouvons-nous faire?

— Avant tout, il n'est pas question qu'il monte sur scène demain et pour un assez long temps, dit-il. Ensuite, nous devons l'arracher à Londres et le faire vivre, si possible, au soleil. (Posant sa main sur l'épaule de Simonetta, il continua :) Je connais votre situation, mon petit. Aussi je pense que la seule solution est d'essayer d'obtenir l'argent nécessaire auprès des amis et des admirateurs de votre père. J'ai l'impression, hélas, qu'il est plus facile pour votre père de donner que de recevoir.

— Très certainement, répondit Simonetta. Et il détesterait tout ce qui pourrait ressembler à une charité.

— Nous n'avons pas le choix, dit le docteur. Et je vous promets que je n'exagère pas la situation en vous disant que c'est important. Nous devons le faire partir immédiatement!

Joignant les mains, Simonetta dit alors :

— J'ai la possibilité, docteur, de... gagner mille guinées. Mais pouvez-vous faire en sorte que papa... ignore ce que... je fais? (Comprenant l'expression du docteur, elle ajouta bien vite :) Ce n'est absolument rien de mal; mais papa — comme vous le savez — n'aime pas que je fasse quoi que ce soit hors de la maison.

— Mais me direz-vous ce dont il s'agit? demanda le docteur.

Simonetta hésita.

— C'est un secret... et il n'est pas... mien. Tout ce que je peux dire, c'est que... quelqu'un a demandé à papa de lui trouver une... femme qui tiendrait un... certain rôle pendant deux jours.

— Et il est prêt pour cela à payer un millier de guinées? demanda le docteur d'une voix chargée de soupçons.

— Oh! Mais c'est un rôle difficile, expliqua-t-elle,

qui, en fait, ne peut être tenu que par quelqu'un... de bien né.

– Vous êtes certaine que ce rôle ne vous entraînera pas dans quelque situation désagréable ou.. louche?

Le docteur avait hésité avant de prononcer ce dernier mot.

– Je vous promets que je ne serai, en aucune façon, mêlée à quelque chose que vous ou maman considéreriez comme regrettable ou néfaste pour moi. (Elle leva vers lui un regard implorant.) Il n'y a que papa qui soit de parti pris et se refuse à ce que je rencontre quelqu'un à l'extérieur.

– Oui, votre père, sur ce point, est plus que formel.

– C'est pourquoi il ne doit pas le savoir, dit Simonetta. Mais je serai capable de gagner mille guinées; avec cet argent, je pourrai l'emmener à l'étranger et lui permettre de se reposer aussi longtemps qu'il le faudra.

– Il semble, bien sûr, que vous ayez là la solution du problème, reconnut lentement le docteur. J'aimerais cependant que vous soyez un peu plus explicite.

Simonetta ne répondit pas.

Elle avait le sentiment qu'en révélant au docteur qu'il s'agissait du duc de Ravenstone, il aurait la même réaction que son père et se refuserait à ce qu'elle se rende à Ravenstone House.

Le duc pourtant avait promis d'avoir une attitude plus que correcte envers la personne qui accepterait de jouer ce rôle. Et Simonetta pensait que sa voix avait un accent d'absolue sincérité lorsqu'il avait déclaré à son père :

« Il s'agit là strictement d'affaires et, si la fille est pure, elle quittera ma maison aussi pure qu'elle y est entrée. Vous avez ma parole! »

– Je sais qu'il n'y a rien à craindre. Tout ira bien, dit-elle au docteur. Mais vous ne devez rien dire à papa, sous aucun prétexte.

Le docteur regarda longuement les flammes du foyer – puis dit enfin :

– Dieu seul sait si ce que je fais est bien ou mal, mais il s'agit de sauver la vie de votre père.

– Dans ce cas, pourquoi... hésiteriez-vous?

Il tourna la tête pour la regarder.

– J'ai beaucoup d'affection pour vous, mon enfant. Je vous connais depuis que vous étiez une petite fille et je vous ai vue devenir une très belle jeune femme. Et c'est pourquoi je ne me pardonnerais jamais s'il vous arrivait quoi que ce soit de funeste.

– Il ne m'arrivera rien de la sorte, docteur, répondit vivement Simonetta.

– Vous ignorez tout du monde, répondit-il, et Dieu sait qu'il est plein de dangers pour une jeune fille.

– S'il m'apparaissait à un moment quelconque que ce que je fais risque d'être dangereux, je vous promets, affirma-t-elle, de revenir immédiatement à la maison.

– Vous me le promettez?

– Je vous le promets.

Le docteur sembla vouloir ajouter quelque chose, puis garda la silence.

– Très bien! dit-il brusquement. Je fais confiance à votre jugement et je tiendrai votre père dans l'ignorance de votre démarche.

– Et comment le pourrez-vous? interrogea la jeune fille.

– Les médicaments que j'ai prescrits pour arrêter sa toux vont le faire dormir toute la nuit, expliqua le docteur. Puis je viendrai le voir demain matin de bonne heure et m'arrangerai pour qu'il dorme toute la journée.

Simonetta tendit les mains au docteur.

– Merci, dit-elle. Je savais que je pouvais compter sur vous. Maman disait toujours de vous que vous étiez l'homme le plus gentil qu'elle ait jamais connu!

– Et parce qu'il n'est pas de femme que j'aie plus admirée qu'elle, je me sens responsable de vous! dit le docteur. C'est pourquoi, mon enfant, je vous demande de prendre garde à vous!

– Je suis certaine d'en être capable, répondit Simonetta.

Le docteur se dirigea vers la porte.

– Je ne pourrai m'empêcher de penser à vous toute la nuit, me demandant s'il n'aurait pas été préférable d'obtenir cet argent des amis de votre père.

– Je serais surprise que vous ayez réussi à réunir mille guinées!

– Pour être honnête, je dirai que j'en aurais été surpris moi aussi! répondit le docteur.

Il prit son manteau et son chapeau qu'il avait laissés dans le hall, et sortit.

Son élégant coupé attendait devant la porte et, dès que le docteur eut pris place à l'intérieur, le cocher partit en direction du West End.

Lentement, Simonetta monta l'escalier.

Elle entra dans la chambre. Nanna avait éteint les bougies, mais la lueur du foyer lui permit de voir que son père s'était endormi.

Son visage semblait plus détendu et, de ce fait, il paraissait plus jeune qu'à leur départ du théâtre

Sa respiration était régulière et son aspect ne permettait pas de penser qu'il était condamné si elle n'intervenait pas.

« Je dois sauver papa... je le dois! », se dit-elle.

L'idée lui vint alors que cette possibilité de gagner soudain mille guinées n'était rien d'autre qu'une réponse de la Providence. Ses prières avaient été entendues.

Peut-être sa mère n'ignorait-elle rien de toute la situation et leur avait-elle, grâce à quelque intervention divine, envoyé cette chance de salut?

« Si elle a ce pouvoir, pourquoi alors aurais-je une raison d'avoir peur? »

Sa mère la protégerait, même à Ravenstone House.

Le duc entra dans la bibliothèque et trouva son neveu Alister devant la cheminée, occupé à lire le *Morning Post*.

– Bonjour, mon oncle, dit-il comme le duc entrait.

– Bonjour, Alister. J'espère avoir trouvé la solution du problème.

Posant son journal, Alister leva vers le duc un regard tendu.

C'était un garçon de vingt-cinq ans, d'assez belle allure, au visage plaisant mais un peu stupide, avec une chevelure claire semée de mèches rousses.

On ne pouvait se méprendre sur son apparence. C'était celle d'un soldat. Il avait, en fait, servi dans un régiment de la Garde jusqu'au moment où son mariage avec une actrice l'avait contraint de démissionner.

– Vous avez trouvé quelqu'un pour le rôle? demanda-t-il.

– Pas encore, mais Bardsley le fera. Je m'en suis assuré!

– Comment cela?

– Je lui ai offert une somme qui lui rend un

refus impossible. Il fera ce que je désire, répondit le duc.

– C'est très gentil à vous, mon oncle. Mais vous savez que je ne pourrai jamais m'acquitter de cette dette, à moins que grand-oncle Hector ne crache – comme nous l'espérons.

– Je ne te demande pas de me rembourser, répondit le duc. J'espère seulement que tu auras l'argent et qu'ainsi je n'aurai plus à me tourmenter à ton sujet.

– Vous avez été diablement gentil dans cette affaire et croyez-moi, oncle Yvell, je ne l'oublierai jamais. Vous êtes bien le seul membre de la famille à m'avoir adressé la parole depuis que j'ai épousé Kitty.

– Il te faut bien admettre que pour la majorité d'entre eux, dit le duc d'un ton amusé, la nouvelle était de nature à leur causer un choc. L'événement aurait eu, en soi, l'avantage de faire le plus grand bien à toute cette clique d'hypocrites – s'il n'avait eu comme conséquence probable de te faire vivre dans la pauvreté pour le reste de tes jours!

– Je suis pleinement conscient de cela! dit Alister.

Ses joues se colorèrent faiblement et le duc trouva naturel que Kitty, avec sa petite cervelle rusée et ne voulant pas laisser échapper la grande chance de sa vie, ait sans peine renoncé à la scène pour un mari chevaleresque et attentionné.

Il n'était pas douteux que Kitty avait jeté son dévolu sur Alister, l'avait ensorcelé délibérément et, pensa le duc, dans la seule intention d'acquérir la respectabilité.

Avant qu'Alister ne s'éprenne d'elle, elle avait eu toute une série d'amants fort distingués.

Cependant, personne n'avait jamais songé un seul instant que, sous sa carrière bruyante et discutable, elle avait toujours nourri un grand désir de sécurité et rêvé de se faire mettre la bague au doigt.

Elle y est enfin arrivée, pensa le duc, et personne n'y peut plus rien.

De même, il était fermement décidé, si possible, à sauver Alister des conséquences funestes que pourrait avoir ce mariage mal assorti.

Un homme se fait toujours pardonner quand il est riche, alors que, pauvre, il est à tout jamais banni de la société.

– Je suppose que ta mère n'a jamais vu Kitty? demanda le duc.

– Depuis des années, comme vous le savez, sa santé ne lui a pas permis de quitter sa demeure du Northumberland, et j'ai trouvé d'innombrables excuses pour ne pas emmener Kitty lui rendre visite.

– Très bien! approuva le duc. Inutile de la bouleverser.

– Inutile, en effet, mais je ne me doutais pas qu'elle essayait d'amener oncle Hector à s'intéresser à moi.

– Je me demande comment elle s'est débrouillée pour y arriver, dit le duc d'un air pensif.

Il s'assit dans un fauteuil à oreilles disposé auprès du feu et fixa d'un œil scrutateur son neveu.

– Je peux vous le dire exactement. Les intrigues de maman ne sont pas très subtiles. (Il fit une pause et voyant que le duc se taisait, il continua :) Elle a dit à oncle Hector que j'allais, sans aucune doute, produire toute une lignée de McCraig qui devraient être éduqués et élevés comme il convenait afin de faire honneur au clan.

– Dieu du ciel! Et c'est ainsi qu'elle l'a accroché! (Le duc éclata de rire.) Ma sœur est incontestablement un grand diplomate.

– Elle m'a envoyé une copie de la dernière lettre

qu'elle a écrite à oncle Hector, dit Alister, et c'est cette lettre qui le fait venir précipitamment à Londres.

– Je comprends..., dit le duc d'un air pensif. Il va y avoir quelques difficultés si le McCraig désire assister au premier baptême!

– Il ne peut pas vivre éternellement! dit Alister d'un ton bourru. En ce qui me concerne, dès qu'il aura fait de moi son héritier, il peut bien disparaître dès qu'il voudra!

– Ce qui, bien sûr, part d'un merveilleux sentiment! répliqua le duc avec ironie.

– Oh! pour l'amour du Ciel, oncle Yvell! s'exclama Alister sur un ton qui trahissait sa nervosité. J'espère que vous n'allez pas commencer à me faire des reproches.

Le duc se tut et Alister poursuivit :

– ... Depuis ma plus tendre enfance, mon père, ma mère et tous les parents et relations, vous mis à part, n'ont cessé de me seriner la même histoire, de me dire que je devais épouser quelqu'un de mon rang; une fille susceptible d'être l'épouse parfaite d'un chef de clan. Cette idée m'a toujours écœuré!

Le duc pensa que là était peut-être l'explication du geste d'Alister qui avait choisi d'épouser Kitty Warden, une artiste de music-hall, célèbre pour son répertoire grivois, jamais encore entendu sur une scène.

Toutefois, il était évident que son neveu était à cran et, s'il lui fallait en outre, pensa le duc, faire face à une actrice nerveuse, il serait souhaitable d'apaiser une situation qui pourrait devenir tumultueuse.

– Je suis certain que tout ira bien, dit-il d'un ton qui se voulait apaisant. Bardsley est un gentleman, le fils d'un vicaire, entre parenthèses, et il te trouvera exactement le genre de femme que tu aurais dû prendre.

– Il faut avouer qu'on le croirait de sang bleu, remarqua Alister McCraig. Il ne ressemble en rien aux acteurs habituels.

– Il ne l'est pas, dit vivement le duc. (Il y eut quelques instants de silence, puis il reprit :) Je considère comme essentiel que rien de cet arrangement ne filtre à l'extérieur de cette maison. Tu es conscient, Alister, que la moindre indiscrétion se répandrait dans les clubs comme une traînée de poudre, et il ne faudrait pas longtemps pour que l'histoire parvienne aux oreilles du McCraig.

– Vous avez raison, répondit son neveu. En fait, je n'ai même pas parlé de votre idée à Kitty.

– Tu ne lui en as rien dit?

Le duc sembla surpris et Alister eut l'air très mal à l'aise.

– J'avais le sentiment, expliqua Alister, qu'elle aurait pu insister pour rencontrer elle-même oncle Hector. Maintenant qu'elle est rangée, elle a presque oublié son passé et croit que tout le monde a fait de même.

Rejetant la tête en arrière, le duc éclata de rire.

– Mon cher Alister, je ne l'aurais jamais cru si tu ne me l'avais pas dit! Si Kitty pense que les gens pourront jamais oublier l'obscénité de ses chansons, c'est qu'elle a perdu le peu de cervelle qu'elle avait!

– Kitty est parfaitement heureuse d'être ma femme, affirma Alister presque férocement.

– Tu n'es marié que depuis un an, mon garçon. Sois patient! (Voyant qu'il venait d'offenser son neveu, il ajouta vivement :) Tu as eu pleinement raison de taire à Kitty ce que nous faisons. Ne confie jamais un secret à une femme, si tu peux faire autrement. D'autre part, moins il y aura de gens au courant, mieux cela vaudra! Ce serait une trop belle histoire à répéter.

– C'est ce que je pensais, mon oncle.

– Alors demeure muet, et le plus difficile sera de persuader notre jeune actrice qu'elle ne sera payée qu'au prix du silence le plus absolu.

Le duc jeta un coup d'œil à la pendule posée sur la cheminée et remarqua qu'il allait être midi.

Alister surprit ce regard et s'empressa de dire :

– Je pense, oncle Yvell, qu'il serait préférable que vous la voyiez seul. Vous êtes beaucoup plus habile que moi pour amener les gens à faire ce que vous désirez; je risquerais de tout embrouiller.

Et sans attendre l'avis de son oncle, il traversa la bibliothèque

– Je serai dans le petit salon quand vous aurez besoin de moi, dit-il tout en sortant.

Le duc eut un léger sourire tout en se penchant pour prendre le *Morning Post*.

Il n'avait jamais eu une bien haute opinion de son neveu; et le voir se dérober au dernier moment à l'entretien et en rejeter sur lui la responsabilité ne faisait que renforcer ce qu'il pensait de lui.

Mais, en même temps, il était pleinement décidé à s'assurer qu'Alister serait à l'abri de tous soucis d'argent et ne risque pas plus tard d'être une charge pour lui.

« Au diable la famille, pensa-t-il. Elle ne vous amène jamais que des embêtements! »

Il jeta un regard machinal sur le journal, se demandant s'il allait devoir, au cours des prochaines quarante-huit heures, passer son temps non seulement avec son neveu, mais aussi avec le McCraig.

L'idée l'exaspéra, d'autant plus que Mrs Anna Clarke – qui avait été sa maîtresse mais avait maintenant comme protecteur le commandant en chef de l'Armée – l'avait invité à une soirée qui promettait d'être très divertissante.

C'était le type même de soirée, pensa le duc, qui scandalisait et choquait les plus tolérants des fêtards et des libertins toujours à l'affût de plaisir et qui fourmillaient autour de Carlton House.

Le difficile serait, bien sûr, de s'échapper.

« Peut-être, se dit-il, aurai-je la chance que le vieil homme se retire de bonne heure, ce qui me permettra de fuir! »

Il était un peu dans l'état d'esprit d'un écolier cherchant comment faire l'école buissonnière, mais avec en vue une fin de soirée bien différente.

Un sourire cynique apparut sur son visage à l'instant où la porte s'ouvrait.

– Miss Wantage, monsieur le duc!

Le duc se leva.

Il y eut une petite pause avant l'entrée de Simonetta. Puis, tandis qu'elle avançait lentement vers lui d'une démarche fière, elle eut conscience d'avoir très peur.

En quittant la maison, elle avait cru que tout serait aisé, qu'elle n'aurait aucune difficulté à se présenter à Ravenstone House et à déclarer au duc qu'elle était envoyée par Beau Bardsley.

Elle avait tout arrangé dans sa tête, et ce ne fut qu'une fois installée dans la voiture de louage que lui avait trouvée Nanna qu'elle se sentit vraiment seule et devint nerveuse.

Nanna n'avait pas été convaincue aussi aisément que le docteur, et bien que Simonetta ait, cette fois encore, refusé de révéler qui offrait de payer une telle somme, l'idée seule avait scandalisé la bonne nourrice.

– Qu'en aurait dit votre pauvre mère? Qu'en aurait-elle pensé? ne cessait-elle de répéter.

– Maman voudrait que nous sauvions papa, répondit Simonetta. Et c'est le seul moyen, Nanna.

– Il y en a sûrement un autre! Le Dr Lesley doit pouvoir trouver de l'argent, d'une façon ou d'une autre!

– Comment pourrait-il trouver mille guinées?

– Ce n'est pas bien, miss Simonetta! Ce n'est pas correct que vous alliez là seule! Je n'ai jamais entendu une telle chose!

– Mais, Nanna, ce n'est que pour deux nuits!

– *Nuits?*

Elle renifla en prononçant le mot et lui donna un sens honteux et inquiétant.

– J'ai promis au docteur, continua Simonetta, que si quelque chose me semblait mal ou douteux, je rentrerais à la maison immédiatement. Je n'en serai pas loin.

– Vous me donnerez l'adresse, sinon vous ne quitterez pas cette maison, avait dit Nanna avec fermeté.

– Certainement, répondit Simonetta spontanément.

Puis elle hésita. Dire qu'elle allait à Ravenstone House signifiait qu'elle rencontrerait le duc.

Elle ne pensait pas que Nanna ait jamais entendu parler de lui; mais Simonetta n'avait pas oublié les propos qu'elle avait surpris un jour, alors que son père, ignorant sa présence, parlait du duc avec sa mère. Simonetta se souvenait des propos désobligeants qu'il avait eus à son égard.

– Ravenstone, avait-il dit, a jeté son dévolu sur cette jolie fille qui joue l'*ingénue* au second acte. Je l'ai prévenue, mais cette petite folle est littéralement fascinée par lui comme l'oiseau par le serpent!

– Elle ne peut pas savoir ce qu'est Sa Grâce, avait répondu sa mère de sa voix douce.

– Elle le sait parfaitement, mais ce n'est pas ce qui l'arrêtera, avait répliqué Beau Bardsley. Il y a dans cet homme quelque chose qui hypnotise les femmes, et ce n'est que lorsqu'il les abandonne qu'elles comprennent à quel personnage diabolique elles ont eu affaire.

– Est-il vraiment si perverti que cela? avait demandé Mrs Bardsley.

– Pire que ce qu'on peut imaginer! avait répliqué Beau Bardsley. Il fait honte à son titre, à son sang et à sa lignée. Je n'ai que faire, Annabel, d'un homme qui trahit sa propre classe.

Simonetta avait toujours imaginé le duc comme ressemblant à un diable et, en s'amusant, elle avait un jour dessiné de lui une caricature avec des cornes et une queue dépassant de sa redingote.

Elle n'avait pu lui donner un visage précis, mais elle croyait voir des yeux un peu bridés, un nez fin et long, des sourcils arqués et des oreilles pointues.

Tout ce qu'elle avait entendu dire de lui, tout ce qu'elle en avait imaginé, lui revenait à l'esprit tandis que la voiture passait devant Hyde Park Corner et suivait Piccadilly pour se diriger vers Berkeley Square.

Quand la voiture tourna dans Berkeley Street, elle faillit dire au cocher de s'arrêter et de la ramener auprès de Nanna et de son père.

Elle mesurait, pour la première fois, combien grande était son ignorance du monde et des usages de la société!

Elle n'avait jamais assisté à un dîner privé, jamais reçu ou même simplement aidé à recevoir qui que ce soit dans sa propre maison, à l'exception du Dr Lesley, du pasteur et de quelques vieilles dames d'œuvres de l'église où sa mère et elle se rendaient le dimanche.

Beau se reposait ce jour-là et ne les accompagnait jamais.

Mais Simonetta avait eu conscience que sa mère et elles étaient un objet de curiosité tandis qu'elles remontaient la nef latérale pour gagner un prie-Dieu discret derrière ceux portant le nom de leurs propriétaires.

« Je sauve papa! Je sauve papa! »

Elle se répétait cette phrase pour se donner confiance.

Ses jambes lui donnèrent soudain l'impression de faiblir et, comme la voiture s'arrêtait, son cœur se mit à battre à tout rompre.

Elle regarda par la vitre et vit une grande maison qui s'élevait sur le côté nord du square.

Elle était, en fait, encore bien plus imposante qu'elle ne l'avait imaginé, et quand la jeune fille entra dans le hall de marbre au grand escalier sculpté et aux niches ornées de statues grecques, elle se sentit toute petite et insignifiante.

Le maître d'hôtel l'avait conduite vers une double porte de cuir.

– Puis-je savoir votre nom, madame?

Simonetta avait déjà décidé de s'appeler Wantage. C'était un nom rencontré dans un livre qu'elle lisait, et il lui parut d'une insignifiance appropriée.

Elle avait apporté beaucoup de soin à sa toilette.

Sa garde-robe était assez limitée, et la robe de mousseline qu'elle avait choisi de porter et qui avait été exécutée par Nanna était très simple; mais le manteau qui la recouvrait était du même bleu que ses yeux et avait été acheté pour elle par sa mère.

Sa capote était à calotte haute, mais discrètement façonnée, et les rubans bleus qui l'ornaient étaient simples, mais d'un goût parfait.

Le maître d'hôtel ouvrit la porte.

– Miss Wantage, Votre Grâce! dit-il d'une voix qui pour Simonetta sonna comme une fanfare.

Elle allait, se dit-elle, rencontrer pour la première fois l'homme auquel elle avait pensé comme à un diable.

Presque instinctivement, comme si elle était sur scène, elle s'immobilisa quelques instants tandis que la porte se fermait derrière elle.

L'homme qu'elle vit n'avait rien du personnage diabolique auquel elle s'attendait; c'était, au contraire, un homme très beau et étonnamment jeune si l'on songeait à sa réputation.

Il était loin d'être aussi beau que le père de Simonetta, et ses traits n'avaient rien de classique; cependant il avait un air de suprême distinction, ainsi qu'une grâce naturelle et une élégance dues, Simonetta le devina, à son éducation.

Il resta lui aussi à la regarder, embrassant d'un regard le petit visage sous la capote, la silhouette mince dans sa robe de mousseline, et les immenses yeux bleus qui le regardaient d'un air interrogateur.

Il pensait bien que Beau Bardsley lui adresserait quelqu'un d'attrayant, mais pas une femme aussi exquisément belle que celle-ci.

Elle était, en fait, d'une beauté si difficile à définir que, bien que cynique et rassasié comme il l'était de tout ce que le sexe féminin pouvait lui offrir, le duc, pendant un instant, demeura muet.

Lentement, très lentement, Simonetta avança vers lui. Puis, comme s'il venait seulement de se rappeler les convenances, il vint à elle.

– Je pense que vous êtes envoyée par Mr Beau Bardsley?

Avec effort, et d'une voix toute différente de sa voix habituelle, elle parvint à répondre :

– Oui... Votre Grâce.

Elle fit une révérence et fut heureuse que ce geste lui permît de détacher son regard de celui du duc.

Le duc s'inclina.

– Je vous suis très reconnaissant, miss Wantage. Ne voulez-vous pas vous asseoir?

– Je vous... remercie.

Simonetta prit place sur le bord d'une chaise à côté du feu et posa sur lui un regard dans lequel, à sa grande surprise, il crut lire une terrible peur.

– Vous ne devez pas être effrayée, lui dit-il de la voix qu'elle avait entendue dans la loge de son père alors qu'elle était cachée derrière le rideau. Je sais que ceci n'est pas un rôle habituel, mais je suis persuadé que vous le tiendrez admirablement.

– Merci.

– Etes-vous depuis longtemps dans le théâtre? demanda le duc en s'asseyant. Je n'arrive pas à me souvenir vous avoir jamais vue dans une pièce.

Tandis qu'il la formulait, il se dit que sa question était stupide.

S'il avait vu, ne serait-ce qu'une fois, cette splendide créature, non seulement il lui eût été impossible de l'oublier, mais il n'aurait pas manqué d'essayer de faire sa connaissance.

Simonetta le regarda pendant un moment, puis demanda :

– Voudriez-vous... me dire, Votre Grâce, ce qu'on attend exactement... de moi?

Le duc sourit.

– Façon détournée de me dire que vous n'avez pas le moindre désir de répondre à mes questions. C'est bien cela, miss Wantage?

– Il n'était pas dans mes intentions... d'être impertinente, Votre Grâce.

– Vous ne l'êtes pas. Je ne pense pas que vous pourriez l'être, répliqua-t-il.

Ses yeux avaient une expression étrange et Simonetta détourna son regard.

Elle souhaitait que son cœur cesse de battre aussi fort, comme s'il allait éclater dans sa poitrine, et elle découvrait avec honte que ses mains tremblaient.

– Il fait chaud ici, dit le duc soudainement. Je crois que vous feriez bien d'ôter votre manteau, et vous seriez plus à l'aise, je pense, en retirant votre coiffure.

– Oui... bien sûr.

Simonetta se leva comme une enfant qui obéit à un ordre.

Elle dégrafa son manteau et le duc l'en débarrassa.

Il s'était approché d'elle pour l'aider et elle éprouva quelque chose d'étrange. Ce n'était pas vraiment de la panique, mais quelque chose de très proche qu'elle ne parvenait pas à s'expliquer à elle-même.

Puis, tandis que le duc déposait son manteau sur une chaise, elle défit les rubans de sa capote qu'il emporta également.

– Vous avez apporté suffisamment de vêtements pour deux nuits? demanda-t-il.

– Oui, Votre Grâce.

Il revint s'asseoir près du feu.

Simonetta s'assit en face de lui.

La lumière des flammes éclairait ses cheveux blonds dans lesquels passaient les ombres mystérieuses rendues avec tant d'habileté par Cosway dans la miniature de sa mère.

Ses yeux, pensa le duc, étaient du bleu d'une mer de tempête, et non pas du ton pâle qu'on pouvait attendre avec un teint aussi blanc. Son nez lui rappelait celui d'une statue admirée lors de son dernier voyage en Grèce.

Il se rendit compte qu'elle attendait qu'il parle.

– Beau Bardsley vous aura sans doute dit que mon neveu pourrait hériter une très grosse somme d'argent si son grand-oncle, le McCraig de McCraig, trouve convenable et à son goût la femme qu'il a épousée il y a un an.

Simonetta écoutait attentivement.

– Mon neveu n'a, en fait, dit que fort peu de chose sur sa femme, à sa mère qui est veuve, ainsi qu'à son grand-oncle, ce qui facilite votre tâche.

– Connaissent-ils son nom? demanda Simonetta.

– On leur a dit son vrai nom, qui est Katherine Webber, répliqua le duc, mais pas son nom de scène. On vous appellera Katherine, bien sûr, pendant que vous êtes ici.

Simonetta inclina légèrement la tête en signe d'acquiescement.

– Quel est votre prénom, miss Wantage? demanda le duc.

– Simonetta.

Presque immédiatement, elle se dit qu'il eût été plus sage de répondre Mary ou Jane.

– Je n'ai jamais rencontré quelqu'un portant un tel prénom, remarqua le duc.

– Je dois me souvenir de répondre à... Katherine.

– Bien sûr, et mon neveu vous dira tout ce qu'il importe que vous sachiez concernant sa femme.

Comme il mentionnait Alister McCraig, le duc remarqua que Simonetta regardait vers la porte comme si elle s'attendait à voir entrer quelqu'un de redoutable ou même de menaçant.

– Vous serez à l'aise avec Alister, dit le duc d'un ton apaisant. C'est un jeune homme charmant et facile à vivre. En fait, la seule personne que vous ayez à craindre, c'est le McCraig lui-même.

– Pourquoi l'appelle-t-on ainsi? demanda Simonetta.

– C'est un titre que certains clans donnent à leur chef – titre dont ils sont très fiers. Il leur donne rang de comte ou peut-être de marquis en Écosse; et je suis certain que le McCraig ne changerait son titre pour aucun autre, quelque distingué que puisse être celui-ci.

– J'ai lu ce qui a trait au clan McCraig dans une histoire de l'Écosse, dit Simonetta.

– Vous vous intéressez à l'histoire?

– Beaucoup, oui, répondit-elle.

– Pourquoi? interrogea le duc.

Simonetta réfléchit quelques instants. Elle était habituée à répondre sérieusement aux questions de son père.

– C'est, je suppose, parce qu'elle nous montre l'évolution de la civilisation. J'aime surtout l'histoire de la Grèce.

– Vous avez l'air vous-même d'une déesse grecque, fit remarquer le duc. Mais je pense que beaucoup d'hommes vous l'ont déjà dit.

Il fut très étonné de découvrir que ses mots avaient amené le rouge aux joues de la jeune fille et lui avaient fait baisser les yeux.

C'était, en vérité, le premier compliment qu'elle ait jamais reçu d'un homme, autre que son père ou le docteur.

– Nous parlions des tâches qui... m'attendent, Votre Grâce, parvint-elle à dire après quelques instants.

– Oui, bien sûr, répondit le duc, rappelé aux réalités.

Puis, comme s'il ne pouvait s'en empêcher, il demanda :

– Vous êtes certainement très jeune pour être déjà montée sur la scène. Il doit y avoir quelque chose de mieux à faire pour vous.

Simonetta le regarda avec, dans les yeux, une expression d'inquiétude, et il comprit qu'il ne devait pas attendre d'elle une réponse franche.

3

Le dîner allait prendre fin et Simonetta avait été éblouie par tout l'apparat qui l'entourait.

Elle n'avait jamais imaginé salle à manger aussi somptueusement belle et aussi charmante à la fois; quant à la table, elle croulait littéralement sous les ornements et les candélabres d'or.

La décoration florale était d'un goût parfait et, tandis que Simonetta goûtait à chacun des mets servis par des laquais poudrés, elle avait l'impression de jouer sur une scène.

« C'est exactement ce que je fais », se dit-elle.

Toutefois, pensa-t-elle, elle n'avait pas soupçonné que le décor serait d'une telle magnificence!

Le McCraig de McCraig s'était révélé, en fait, beaucoup moins effrayant qu'elle ne l'avait craint.

Elle savait qu'il avait quatre-vingts ans, mais il ne les paraissait certes pas. Il se tenait très droit et avait un air de dignité qui commandait le respect.

Avec son nez busqué, ses cheveux blancs rejetés en arrière de son front carré, ses yeux pénétrants sous des sourcils en broussaille, il répondait exactement, pensait Simonetta, à l'idée qu'elle se faisait d'un chef de clan.

A mesure que le dîner avançait, elle ne pouvait s'empêcher de se demander comment un Alister

McCraig, avec tant d'histoire derrière lui et des aïeux d'une telle distinction, avait bien pu faire un mariage qui déshonorait sa famille.

Le duc et son neveu se rendaient compte que le McCraig avait été plus qu'agréablement impressionné par Simonetta.

Comment eût-il pu en être autrement? Sa grâce était telle, en faisant sa révérence, qu'elle évoquait, pour le duc, celle des cygnes du lac de Ravenstone.

Mais la fierté de son port ne parvenait pas à faire oublier la nuance d'effroi qui se lisait dans ses yeux et l'air un peu inquiet de son joli visage qui – le duc s'en rendait compte – semblait charmer le vieil Écossais.

Après tout, se dit le duc, le McCraig s'attendait non seulement à une actrice mal élevée, ce qu'était incontestablement Kitty, mais aussi à une femme qui aurait fort bien pu se révéler impertinente et agressive face à ce qui lui aurait semblé de la condescendance.

Or, Simonetta, en fait, ne jouait pas; elle ne faisait qu'être elle-même, et son attitude respectueuse n'avait rien d'obséquieux.

Sitôt l'arrivée du McCraig, le lunch fut annoncé. Le vieil homme s'entretint de son voyage avec le duc, mais tous étaient conscients qu'il ne cessait d'observer Simonetta sous ses épais sourcils broussailleux.

– J'ai un rendez-vous avec le Premier Ministre, dit-il comme le lunch s'achevait. A 2 heures et demie.

– Je vais demander une voiture pour vous, répondit le duc.

– Ce qui vous laissera libre, vous deux, jeunes gens, pendant une bonne heure, dit-il, s'adressant à Alister et à Simonetta.

– Qu'aimeriez-vous faire? interrogea le duc.

Il se dit que la réponse n'était que trop évidente.

Quelle femme, et tout particulièrement une actrice, pourrait résister à une occasion de dépenser de l'argent? Il attendit avec des yeux un peu moqueurs la réponse de Simonetta.

Mais il vit qu'elle regardait le McCraig.

– Serait-il possible, sir, dit-elle, si vous... devez rencontrer le Premier Ministre, que je puisse voir la Chambre des Communes?

– La chose peut certainement être arrangée facilement, répondit le McCraig. La politique vous intéresse?

– Je lis chaque jour dans le *Times* le compte rendu du Parlement, répliqua-t-elle, et le rapport sur les expulsions dans les Highlands m'a fait beaucoup de peine.

Tout en parlant, elle redoutait d'avoir été indiscrète. Le McCraig, après tout, pouvait fort bien faire partie de ces propriétaires terriens prêts à expulser leurs propres gens pour livrer la terre aux moutons.

Mais elle avait frappé juste.

– Je suis heureux de ce que vous ressentez, lui dit-il. C'est une monstrueuse injustice, une trahison envers notre propre chair et notre propre sang, et les auteurs de telles atrocités devraient être punis de mort!

Son explosion de colère était d'une violence qui donna l'impression d'ébranler la salle à manger.

Puis, pendant une dizaine de minutes, il parla de la souffrance des Highlanders (1) qui, déracinés, arrachés à leurs paysages familiers, avaient été transportés au Canada et dans d'autres régions du monde sans que les moindres dispositions nécessaires aient été prises pour leur arrivée en terre étrangère.

(1) Montagnards écossais.

– Je ne m'attends pas, dit-il enfin, à trouver chez les Anglais la moindre compréhension ou sympathie; mais j'aurais dû savoir qu'étant un McCraig, votre mari vous aurait fait sentir toute l'iniquité de ce qui se passe dans le Nord.

En disant ces mots, il adressa un large sourire à son neveu, et le lunch s'acheva dans une atmosphère de réelle bonne humeur.

La voiture du duc emmena le McCraig ainsi qu'Alister et Simonetta à la Chambre des Communes et, dès leur arrivée, les dispositions furent prises pour qu'ils soient introduits dans la tribune réservée au public.

Ils restèrent là environ une heure, jusqu'au moment où on leur fit savoir que l'entretien de McCraig avec le Premier Ministre avait pris fin.

Ils retrouvèrent un homme d'assez méchante humeur, car l'Honorable Henry Addington, qui avait succédé à William Pitt, s'était révélé en effet comme étant un être faible, incapable de prendre une décision.

Il n'était visiblement pas prêt à accepter de mettre en œuvre les réformes que conseillait le McCraig.

Mais le trajet de retour à Berkeley Square avait suffi à Simonetta pour ramener la bonne humeur chez le vieil homme, et cette disposition d'esprit ne le quitta pas jusqu'à l'heure de se changer pour le dîner.

Simonetta fut aussi impressionnée par la chambre à coucher qu'on lui avait attribuée que par les pièces de réception.

Sa mère lui avait appris à apprécier le mobilier de qualité et elle fut ravie par les commodes françaises qui meublaient sa chambre; de même, elle était impatiente de pouvoir admirer les tables Henri II sculptées et dorées qui ornaient le grand salon.

Deux femmes de chambre étaient à son service. Le bain chaud qu'elles avaient préparé devant le feu et parfumé au jasmin fut pour la jeune fille un enchantement, de même que les serviettes de toilette à l'odeur de lavande.

Elle ne cessait de penser combien merveilleux ce serait de pouvoir décrire toute la maison à sa mère; et cette idée l'amena à se demander si celle-ci aurait éprouvé la même colère que son père à l'idée qu'elle soit l'invitée du duc.

Ce qu'il y avait en lui d'un peu effrayant ne lui échappait pas; mais, en même temps, elle ne pouvait s'empêcher de l'admirer.

Ce n'était pas seulement pour sa séduction; c'était aussi pour la façon qu'il avait de marcher, comme si le monde lui appartenait, et aussi pour son air de distinction.

La maison et tout ce qu'elle renfermait constituaient, pensait-elle, un décor parfait pour lui.

« Pourquoi, se demandait-elle, choque-t-il tellement les gens, et pourquoi papa dit-il qu'il se conduit comme un monstre? »

Les manières du duc étaient irréprochables et il s'évertuait à éviter toutes les questions du McCraig qui auraient pu inquiéter Simonetta ou la mettre mal à l'aise.

Pleinement consciente qu'il agissait ainsi pour servir ses propres fins, elle n'en appréciait pas moins le fait qu'il soit si aimable et si plein de considération pour elle.

En descendant le majestueux escalier à la rampe sculptée, elle se sentait comme transportée de plaisir à la pensée de passer la soirée avec le duc.

Avant de quitter sa chambre, elle s'était regardée une dernière fois dans le miroir et en avait conclu qu'Alister McCraig n'aurait pas à rougir de l'avoir pour épouse.

Pensant qu'elle la ferait paraître plus âgée, elle portait une robe du soir qui avait appartenu à sa mère.

Elle était du bleu profond de ses yeux; sous la gaze légère dont elle était faite, il y avait un miroitement argenté et le tulle du corsage était parsemé de petites gouttes de diamant. C'était une robe très habillée, de celles qu'on porte pour un bal ou une soirée très élégante, et cependant Beau Bardsley était seul à l'avoir jamais vue.

– Maman, pourquoi achètes-tu des robes aussi habillées alors que tu ne sors jamais et que tu ne les mets que pour dîner avec papa? n'avait pu s'empêcher de lui demander Simonetta.

Sa mère avait hésité quelques instants avant de répondre :

– C'est difficile à expliquer, ma chérie. Mais ton père rencontre beaucoup de jolies femmes, non seulement au théâtre, mais aussi quand il est invité dans le monde. (Elle avait soupiré :) N'étant pas conviée, je tiens à ce que ton père me voie à mon avantage et telle que je serais si j'étais en mesure de l'accompagner.

Ces mots avaient quelque chose de pathétique et Simonetta s'était hâtée de dire :

– Quoi que tu portes, maman, tu es toujours belle. Papa a bien souvent dit que, pour lui, tu étais la femme la plus belle du monde!

– C'est ce que je veux qu'il pense toujours, avait répondu Mrs Bardsley avec douceur. Et si je m'habille, c'est pour lui plaire.

Simonetta avait compris, mais comme l'argent faisait souvent défaut, les belles robes étaient moins nombreuses que sa mère ne l'aurait souhaité.

Néanmoins, comme celles-ci avaient fait l'objet de grands soins, Simonetta, maintenant que sa mère n'était plus, se trouvait en possession d'une assez riche garde-robe.

Sitôt entrée dans le salon, elle comprit que son choix avait été le bon.

Les trois hommes l'attendaient auprès du feu et, tout en avançant vers eux, elle ne pouvait s'empêcher de chercher les yeux du duc. Elle y lut ce qu'elle avait voulu y trouver.

La conversation, au cours du dîner, se révéla plus intéressante encore qu'à l'heure du lunch.

Le McCraig parla des difficultés dans les Highlandes, et le duc de sport.

Se rendant compte que Simonetta écoutait tout ce qui se disait avec une attention soutenue, les deux hommes la firent participer à la conversation, lui expliquant tout ce qu'elle ne comprenait pas.

Comme le dîner prenait fin, elle regarda un peu nerveusement le duc en demandant :

– Dois-je... me retirer et vous laisser à votre porto?

Elle avait appris de sa mère que c'était le rituel à observer à la fin d'un dîner prié, et le duc sourit d'un air approbateur.

Tous se levèrent.

– Nous n'en aurons pas pour longtemps, dit le duc.

Simonetta descendit vers le salon.

Un laquais lui ouvrit la porte et, dès qu'elle fut seule, elle commença à s'intéresser aux trésors contenus dans la pièce.

Il y avait tant à voir, tant à admirer qu'elle fut vraiment surprise quand les gentilshommes la rejoignirent.

Elle se tourna vers eux, comme ils entraient,

tenant en main une miniature qui était posée sur une table au milieu d'une collection de tabatières.

Le duc vint près d'elle.

– Je vois que vous admirez une de mes miniatures, dit-il. J'en ai une grande collection dans une autre pièce.

– Je suis certaine que celle-ci est de Richard Cosway.

– C'est le portrait de ma mère.

– Oh! comme c'est drôle, il a peint aussi la mienne! s'exclama Simonetta.

Tout aussitôt, elle se demanda si elle avait dit quelque chose qu'elle n'aurait pas dû dire, mais le McCraig était devant le feu et bavardait avec son neveu.

– Une autre chose que nous avons en commun, dit le duc à voix basse.

– Une autre? interrogea Simonetta.

– Nous en avons beaucoup, nous aimons tous deux la beauté, entre autres.

– Oui... oui, bien sûr.

Elle ne s'expliquait pas pourquoi, mais elle avait peine à parler naturellement dès qu'il se tenait trop près d'elle.

De même, quelque chose dans sa voix la faisait vibrer, tout comme vibrait le public à la voix de son père.

Se sentant troublée, elle posa la miniature et se dirigea vers la cheminée.

Le McCraig la regarda tout en disant :

– Je considère que vous avez été extrêmement aimable d'écouter un vieil homme qui depuis son arrivée vous entretient de sa passion des chevaux. Demain ce sera votre tour de me parler un peu de vous.

– J'ai pris un immense plaisir à tout ce que vous

avez dit, sir. Tout était intéressant, répondit Simonetta. J'ai l'impression que ce que je pourrais vous raconter serait terriblement insignifiant.

Le McCraig sourit.

– Vous êtes trop modeste, dit-il. Mais pour ce soir, nous avons assez parlé. Je sais que vous m'excuserez si je me retire. Je suis habitué à me lever tôt et le voyage a été long.

– Je suis certain que vous devez être fatigué, sir, dit Alister.

Se tournant vers le duc, le vieil homme lui dit :

– Bonne nuit, Ravenstone. J'apprécie votre hospitalité et je vous en remercie.

– C'est un très grand plaisir, répondit le duc.

Le McCraig effleura l'épaule de Simonetta et lui sourit.

– J'attendrai avec impatience notre conversation de demain.

Les épaules et la tête bien droites, il sortit du salon tandis qu'Alister se hâtait pour l'accompagner jusqu'au pied de l'escalier.

Le duc et Simonetta demeurèrent seuls.

– Vous avez été très habile avec lui, dit le duc avec un accent d'approbation.

– Je pense que c'est un vieux gentilhomme très charmant, répondit Simonetta, et si intéressant.

– Les histoires concernant l'Écosse vous ont-elles sincèrement intéressée? Ou cela faisait-il partie de votre rôle?

– Certainement que j'étais intéressée! répliqua Simonetta d'un air indigné. Qui ne l'aurait été?

– Et votre visite à la Chambre des Communes?

– C'était passionnant! J'ai si souvent essayé de l'imaginer; mais entendre les discours, voir les membres sur leurs bancs... c'était très différent de ce que j'attendais.

– Différent?

– C'était une atmosphère si peu... formelle, expliqua-t-elle, cherchant les mots justes. Tous ces hommes étalant les jambes de tout leur long, le chapeau rabattu sur les yeux, et personne ne donnant l'impression d'écouter!

– C'est ainsi que nous sommes gouvernés, fit le duc en souriant.

– Peut-être est-ce ainsi que doit être la démocratie, répondit-elle d'un air pensif. Non pas enrégimentée, mais détendue... jusqu'au moment où l'on se galvanise pour défendre quelque chose qui en vaut vraiment la peine!

Le duc la regarda avec étonnement; il s'apprêtait à dire quelque chose, quand Alister revint.

– Dieu! Vous avez été absolument magnifique! s'exclama-t-il à l'adresse de Simonetta. Vous faites de lui tout ce que vous voulez. Je n'aurais jamais cru qu'une femme puisse être capable d'une telle habileté!

Quelque chose dans son enthousiasme choqua Simonetta.

Elle se détourna pour regarder le feu, souffrant de cette appréciation qui la faisait se sentir vulgaire et déloyale.

– Quels sont les projets pour demain? demanda le duc.

– Il y a des manœuvres demain matin à Hyde Park. Il aimerait y assister, dit Alister. Un des régiments écossais y prendra certainement part. Et l'après-midi, il se propose de visiter Kew Gardens.

Le duc rit.

– A ce que je vois, tu es mûr pour des divertissements extraordinaires!

– Vous accompagnerai-je? demanda Simonetta.

– Je crains que vous n'y soyez obligée, répliqua Alister.

– Oh! Je suis ravie! s'exclama-t-elle. Je n'ai jamais assisté à un défilé militaire.

– Je vais prendre des dispositions pour que vous soyez placés au point stratégique du défilé, à l'endroit du salut, dit le duc.

– Vous ne pourrez pas nous accompagner? demanda Simonetta. Comme c'est dommage pour vous!

– Vous avez raison. Mais j'ai un engagement antérieur, répliqua le duc dont les yeux pétillèrent.

– Oh, oncle Yvell... je vous en prie... venez avec nous l'après-midi, pria Alister avec insistance. Vous savez tant de choses sur les jardins, grâce à ceux de Ravenstone qui sont si beaux, alors que je suis incapable de distinguer une fleur d'une autre.

– Ainsi, je vois que je vais devoir me sacrifier, répondit le duc. Veux-tu faire part de vos intentions au capitaine Graham afin qu'il puisse prendre les dispositions concernant les voitures, et les places, bien sûr, pour le défilé militaire?

– Je m'en occupe tout de suite, dit vivement Alister. Il ne sera pas encore au lit?

– Le capitaine Graham ne se couche jamais, répondit le duc, ce qui fit rire son neveu.

– Je suis certain que c'est vrai. Qui pourrait, à moins d'être un surhomme, assurer la marche de votre maison?

Il s'éloigna et le duc expliqua à Simonetta :

– Le capitaine Graham est mon secrétaire et mon homme à tout faire. On découvre que rien ne lui est impossible, qu'il peut vous procurer tout ce que vous désirez et, si nécessaire, vous arranger sur-le-champ un voyage vers la lune!

– Je n'ai nulle envie de m'y rendre, répondit

Simonetta. C'est un endroit qui m'a toujours semblé si froid et si vide. Une de ces étoiles qui scintillent m'attirerait bien davantage!

– C'est précisément ce que vous avez été tout au long de la soirée, répliqua le duc. Une étoile scintillante. Ai-je besoin de vous dire que vous avez été merveilleuse?

Elle baissa les yeux et d'une voix un peu incertaine parvint à dire :

– Je pense... Votre Grâce... qu'il est temps pour moi... de me retirer.

– Si tôt? N'aimeriez-vous pas danser et découvrir certains des nombreux divertissements que Londres a à vous offrir?

– Non, vraiment non, répondit vivement Simonetta, pensant combien son père serait horrifié. Votre Grâce comprendra que, tout comme le McCraig, je sois, moi aussi... fatiguée.

– Vous n'aimez pas danser?

Elle s'apprêtait à dire qu'elle n'était jamais allée à un bal, quand elle se rappela soudain qu'une telle déclaration eût surpris dans la bouche d'une actrice.

– C'est parfois... très plaisant, fit-elle après quelques instants.

– Mais vous n'aimeriez pas danser avec Alister ou avec moi? insista le duc.

Il y eut un silence, puis Simonetta répondit :

– Je pense, Votre Grâce, que ce serait une erreur que je sois vue en... public avec Mr McCraig alors que tant de gens sont au courant de son mariage.

Le duc sourit, comprenant qu'elle avait imaginé cette excuse.

– Vous êtes une très étrange personne, dit-il lentement, et je vous demande de me croire si je vous dis que je n'ai jamais rencontré quelqu'un de semblable.

Elle leva les yeux vers lui pour voir s'il se moquait d'elle, et ne put détourner son regard.

– Dites-moi la vérité. Avez-vous vraiment envie de voir cette parade militaire et d'aller à Kew Gardens?

– J'ai surtout très envie de revoir Kew Gardens, dit-elle d'une voix basse. Je n'y suis pas retournée depuis...

Elle s'arrêta.

Elle s'apprêtait à dire qu'elle n'y était pas allée depuis la mort de sa mère. Mais elle se demanda s'il était opportun de livrer quoi que ce soit concernant sa vie.

Elle ne pouvait se rendre compte combien ses yeux étaient expressifs.

– La dernière fois que vous y êtes allée, c'était avec quelqu'un qui comptait beaucoup pour vous. C'est bien cela? demanda le duc.

Simonetta ne répondit pas. Elle pensait qu'il avait une extraordinaire perspicacité.

– Qui était cette personne? questionna-t-il.

Sa voix avait une intonation qu'elle ne comprit pas.

Elle sentit qu'elle ne pouvait se dérober et répondit :

– Ma... mère.

– Et elle est morte?

– Oui... il y a deux ans.

– Et vous l'aimiez beaucoup?

– Plus qu'il m'est possible de le dire.

– Mais vous n'êtes pas seule? Vous avez une famille?

– Oui...

Embarrassée par ces interrogations, elle tourna son regard vers la porte. Mais il n'y avait aucun signe d'Alister.

– Puis-je me retirer, Votre Grâce?

– Est-ce moi que vous fuyez, ou mes questions?

– Peut-être... les deux, Votre Grâce.

– Mais je ne vous fais plus aussi peur que lorsque vous êtes arrivée?

Elle le regarda avec une expression de surprise. Elle avait tellement espéré qu'il ne s'apercevrait pas de son effroi.

Elle rit soudain en disant :

– Je suis toujours effrayée, Votre Grâce... mais maintenant mes jambes ne tremblent plus et mon cœur s'est arrêté de battre la chamade.

Il rit à son tour.

– J'aimerais vous poser une question, dit-il. Jugez-vous les gens en fonction de ce que vous avez entendu dire sur eux, ou gardez-vous votre libre jugement?

Elle cherchait les mots pour lui répondre, quand Alister revint au salon.

– Tout est arrangé, dit-il. Et maintenant si vous voulez bien m'excuser, oncle Yvell, je vais retrouver Kitty. Je lui ai dit que je devais être à vos côtés pour discuter de problèmes financiers avec vos avoués. Elle savait que je resterais pour le dîner, mais elle ne s'attend certes pas à ce que je sois absent toute la nuit.

– Très bien, Alister, répliqua le duc, mais tu feras bien d'être ici à temps pour prendre le petit déjeuner avec ton grand-oncle.

– Je serai à l'heure, je vous le promets, répondit Alister. Je ne tiens pas à ruiner l'excellente impression qu'à faite sur lui notre brillante actrice!

Cette fois encore, Simonetta trouva que ces paroles avaient quelque chose d'un peu humiliant.

Elle fit au duc une profonde révérence, et une autre, plus brève, à son prétendu mari.

– Bonne nuit, Votre Grâce. Bonne nuit, Mr McCraig, dit-elle, sortant rapidement du salon avant qu'ils ne puissent l'escorter.

Se rendant à la soirée à laquelle il avait pensé ne pas pouvoir assister, le duc s'étonnait et se félicitait tout à la fois de la façon dont les choses avaient marché.

Il avait redouté toutes sortes de difficultés au moment où le vieil homme rencontrerait la prétendue femme d'Alister; mais Simonetta l'avait séduit dès l'instant où il l'avait vue et avait, du même coup, balayé toutes les oppositions et les objections qu'il aurait pu soulever.

En fait, elle était, se dit le duc, l'actrice la plus étonnante qu'il ait jamais rencontrée, si tant est qu'elle jouait vraiment.

Il avait demandé une lady à Beau Bardsley, et c'en était une qu'il lui avait adressée.

Il y avait de la race chez la jeune fille, non seulement dans ses traits exquis, mais aussi dans ses longs doigts, ses pieds menus et cambrés, dans chaque parole qu'elle prononçait.

Son accent n'était pas celui qu'une actrice prend sur scène pour jouer le rôle d'une « femme du monde » comme il l'avait si souvent entendu au théâtre; de même, les mots lui venaient aisément.

Elle avait le naturel d'une fleur, ce à quoi, pensa-t-il, elle ressemblait : la pureté d'un lis, peut-être une rose encore en bouton, ou une fleur de seringa comme celles qui embaumaient les jardins de Ravenstone au printemps.

« Grand Dieu, me voilà qui deviens sentimental! », se dit-il. Et il essaya de concentrer sa pensée sur Mary Ann Clarke.

Quand il s'en était fatigué, il l'avait, en fait, présentée à Son Altesse royale.

A vingt-sept ans, Mary Ann était non seulement extrêmement séduisante, mais elle adorait la vie et débordait d'une vitalité et d'une gaieté absolument irrésistibles.

« S'il est une personne qui peut faire oublier à son Altesse royale son horrible et frigide Allemande d'épouse, ainsi que ses obligations militaires et ses difficultés d'argent, c'est bien Mrs Clarke », avait un jour remarqué un officier qui était sous son commandement.

Installée par son royal protecteur dans un vaste hôtel particulier de Gloucester Place, avec vingt domestiques, y compris trois cochers et trois chefs, Mary Ann tirait le meilleur parti de sa nouvelle position.

Aux soirées qu'elle donnait, ses invités – dandys et gais lurons de St James – étaient toujours certains de trouver là des filles superbes. Elle pourvoyait à tous leurs désirs et entraînait Son Altesse royale aux pires folies.

Il était normal d'attendre de tout gentleman élégant qu'il ait une maîtresse, et en dépit de l'atmosphère triste et ennuyeuse qui régnait à la cour de Buckingham, c'était une époque violente, paillarde et de grande licence.

Les nuits tapageuses et les amis plus que discutables dont s'entourait le prince de Galles étaient pour beaucoup dans les critiques; ce qui se passait à Carlton House, était jeux d'enfants comparé aux orgies qui avaient lieu dans d'autres demeures de la noblesse.

Nombre des dandys de l'entourage de Son Altesse royale seraient certainement à la soirée de Mary Ann.

Parmi eux, les deux ducs les plus célèbres d'Angleterre, celui de Queenbury et celui de Norfolk, tous deux des ivrognes notoires et, Queenbury, de plus, un incurable débauché.

Serait présent aussi Sir John Wade, un personnage assez peu honorable qui avait fait une énorme fortune dans la brasserie. Sa femme avait compté le duc d'York parmi ses amants.

Réfléchissant aux belles charmeuses avec lesquelles il avait passé de nombreuses heures amusantes avant de se lasser d'elles, l'esprit du duc s'attarda sur Fanny Norton.

Fille d'une couturière de Southampton, elle avait eu de nombreux protecteurs, parmi lesquels Richard Brinsley Sheridan et le colonel Harvey Aston – membre marquant du Quorn Equipage; et Aston, alors qu'il était à court d'argent, avait vendu Fanny au comte de Barrymore pour cinq cents guinées.

Un périlleux marché, car surnommé *Hellgate* (1) à cause de sa violence, il était peut-être l'homme le plus débauché de Londres.

Le duc se souvenait du jour où Fanny avait été amenée, tenue par une laisse de soie passée autour du cou, dans la salle à manger du colonel Aston qui présidait un dîner d'hommes auquel Hellgate, le comte de Barrymore, était présent.

Elle était à peu près entièrement dévêtue pour permettre à Sa Seigneurerie de se rendre compte de ce qu'elle acquérait pour son argent.

Acheter une maîtresse était devenu une mode.

Le duc d'York, dans sa jeunesse, avait acheté pour quinze cents guinées une de ses premières maîtresses, la fille d'un joueur de hautbois.

L'amie de lord Hervey était une créature du genre

(1) Porte de l'Enfer.

petite poupée, du nom de Vanelle Vane, et comme le Premier Ministre s'intéressait à elle, lui aussi, lord Hervey la lui avait cédée pour une somme très importante.

« Dieu merci, je n'ai jamais eu à acheter une femme », se dit le duc en se rendant à Gloucester Place.

Il ne pouvait se cacher le fait qu'elles se jetaient à son cou avant qu'il leur ait témoigné le moindre intérêt.

Toutes savaient qu'il était extrêmement généreux avec ses « protégées » mais que, malheureusement, il s'en lassait très vite. Toute courtisane distinguée par lui n'était pas longue à se mettre en quête d'un autre banquier.

Néanmoins, pensait le duc, ces jolis « petits chiffons de mousseline », comme on les appelait, pouvaient être amusants, ne serait-ce que pour un moment.

La voiture traversait Oxford Street. Le duc se pencha pour regarder à travers la vitre. Sur le trottoir, un homme en haillons vendait une publication alors très recherchée par ceux qui n'avaient pas les moyens d'installer une maîtresse.

La publication qui s'appelait *The Whoremongers Guide to London* contenait les adresses des maisons de plaisir ainsi que les descriptions de celles qu'on appelait les « nonnes de Covent Garden ».

Il y avait, comme à l'habitude, des filles de trottoir debout près des réverbères éclairant les artères plus fréquentées de la ville. Certaines de ces prostituées étaient très jeunes, presque des enfants.

Leurs yeux étaient peints, leurs lèvres lourdement maquillées, et leur empressement à racoler les passants ne permettait aucune illusion.

Comme la voiture approchait de Gloucester Place,

le duc, soudain, n'eut plus envie du genre de plaisirs qui l'attendaient.

L'idée de retrouver l'exubérance de Mary Ann et la gaieté forcée des filles qu'elle aurait choisies avec tant de soin, lui parut tout à coup intolérable.

Il se prit à penser à deux yeux bleus inquiets et à une voix douce où passait parfois une note d'effroi.

Il se pencha en avant et de sa canne à pommeau d'or tapota légèrement la vitre qui le séparait du cocher.

Les chevaux furent immobilisés et le valet de pied sauta pour ouvrir la portière.

— Au White's Club! ordonna le duc.

Comme le cocher tournait ses chevaux et reprenait la route en sens inverse, le duc se dit avec un étonnement intense :

« Eh bien, je dois me faire vieux! »

Le matin avait été très ensoleillé et le temps, l'après-midi, se maintint. L'air était vif mais doux cependant pour une fin d'octobre. Simonetta avait retiré son manteau bleu, sa jaquette étant amplement suffisante.

Elle n'avait certes pas été déçue le matin par la parade militaire. Lors du passage du régiment écossais précédé par les joueurs de cornemuse, ses yeux brillaient d'un tel plaisir que le McCraig l'avait regardée d'un air approbateur.

— Je n'aurais jamais cru que des hommes puissent être aussi magnifiques en kilt, avait-elle dit au McCraig alors qu'ils regagnaient Berkeley Square.

— Il vous faut venir me voir à Castle Craig avec votre mari. Et là vous pourrez voir et entendre mes *pipers* (1), répliqua le McCraig.

(1) Joueurs de cornemuse.

Ces mots lui firent l'effet d'une douche froide.

Elle fit un effort pour prendre conscience qu'elle ne séjournerait jamais à Castle Craig et que jamais elle n'entendrait ses *pipers*.

Alister, comme s'il devinait l'embarras de Simonetta, s'empressa de dire :

– Je me souviens, oncle, d'avoir entendu vos *pipers* quand j'étais petit garçon. Je me glissais hors du lit pour les entendre tandis qu'ils tournaient autour de la table en jouant à l'heure du dîner. J'avait tellement envie de rejoindre les grandes personnes.

– Eh bien, tu as l'âge maintenant de jouir de ce plaisir, répliqua le McCraig, et quand vous aurez un fils, il vous faudra lui apprendre l'histoire des McCraig, lui dire comment ils se sont battus en marchant derrière leurs *pipers*.

– Je le ferai, promit Alister avec un accent de profonde sincérité.

Le McCraig avait regardé Simonetta.

– Je ne voudrais pas vous faire rougir, mais j'aimerais bien voir mon arrière-petit-neveu avant de mourir, dit-il.

La voiture, à cet instant, s'immobilisait devant la maison et Simonetta en fut soulagée.

Comparé au dîner de la veille, le lunch fut un repas léger. La silhouette athlétique du duc avait intrigué Simonetta qui s'était demandé s'il la devait à tout l'exercice qu'il prenait ou au fait qu'il mangeait peu.

Elle avait appris par Alister que le rendez-vous qu'il avait eu le matin n'était pas très important, mais qu'il montait des heures durant les chevaux que ses palefreniers trouvaient trop durs à monter.

Sitôt le lunch terminé, ils se mirent en route pour Kew Gardens; et – cela avait été l'idée du duc – ils s'y rendaient dans deux phaétons. L'un était conduit par le duc et l'autre par Alister.

Un valet se tenait debout à l'arrière de chaque voiture, mais Simonetta se trouva seule, en fait, avec le duc.

Elle s'avoua en toute bonne foi que c'était une situation qu'elle avait souhaitée et dont elle était ravie.

Elle avait compris la nuit précédente, en repassant dans son esprit les événements de la journée, que c'était ses conversations avec le duc qui lui avaient fait la plus forte impression.

Elle ne parvenait pas à en comprendre la raison, si ce n'est qu'elle se rendait compte que le duc avait la même sorte de magnétisme que son père et le même pouvoir de tenir les gens sous son charme.

Jamais, pensait-elle, le soleil ne lui avait paru aussi rayonnant, la journée plus magiquement belle.

– Avez-vous assez chaud? demanda le duc dès que les chevaux, sortis de l'intense circulation de Piccadilly, accélérèrent leur allure.

– J'ai très chaud, répliqua Simonetta. La journée est tellement belle.

Elle leva la tête vers le ciel tout en parlant; le duc en profita pour jeter un rapide coup d'œil à son profil parfait et à son long cou gracile, puis ramena son attention sur les chevaux.

– Un jour, dit-il, il faudra que je vous montre mon jardin à la campagne; c'est mon grand-père qui l'avait dessiné au moment où il avait apporté de nombreuses modifications à la maison, et il avait employé les plus grands jardiniers de son temps.

– Laissez-moi deviner qui ils étaient, dit Simonetta. Charles Bridgeman, William Kent et Capability Brown.

– Vous êtes très bien informée, miss Wantage, et vos hypothèses sont parfaitement exactes.

– Avez-vous du mobilier de Kent?

– Plusieurs jeux de tables, répondit le duc.

– Oh! J'aimerais beaucoup les voir! s'exclama la jeune fille.

– Je serai ravi de vous les montrer.

Elle s'apprêtait à poser d'autres questions sur les tables quand elle se rappela qu'elle n'aurait jamais l'occasion de voir les jardins ou les meubles du duc.

Demain matin, elle disparaîtrait de sa vie aussi simplement qu'elle y était entrée.

Son père ne devait jamais deviner où elle était allée ni ce qu'elle avait fait!

Déjà elle songeait à l'histoire qu'elle pourrait bien inventer pour expliquer le fait qu'ils avaient maintenant l'argent nécessaire à un voyage à l'étranger.

Elle espérait que, sur ce point, le docteur l'aiderait; d'autre part, elle savait que Nanna ne révélerait jamais qu'elle avait passé deux nuits hors de la maison.

De toute façon, Nanna ignorait où elle était allée, bien qu'elle ait insisté pour avoir son adresse, car Simonetta l'avait mise dans une enveloppe que Nanna avait juré de n'ouvrir qu'en cas d'urgence.

– Si papa était soudain très mal et que le Dr Lesley souhaite me voir rentrer, alors ouvrez l'enveloppe, lui avait-elle dit.

– Je n'aime pas beaucoup tout ce mystère, avait répondu Nanna avec irritation. Si votre mère nous regarde de là-haut – Dieu ait son âme! – elle dirait la même chose!

– Maman voudrait sauver papa, avait répété Simonetta pour la millième fois.

Mais Nanna protestait encore quand elle avait franchi la porte de la maison.

« Rien n'a d'importance. Seule compte la santé de papa », se disait-elle en cet instant. Et cependant, elle ne pouvait se cacher l'étrange peine qu'elle ressentait à l'idée de ne jamais revoir le beau visage du duc, de ne plus jamais entendre sa voix, cette voix qui, parfois, la laissait un peu haletante.

Quand elle était entrée au salon avant le lunch, après avoir retiré sa capote, et qu'elle avait trouvé le duc prenant un verre de sherry avec le McCraig, elle n'avait pas pu ignorer l'admiration dans le regard qu'il avait posé sur elle.

Elle avait dû faire un effort pour traverser la pièce et se diriger vers lui, et cependant elle aurait voulu courir vers lui.

– A quoi pensez-vous? demandait-il maintenant, interrompant le cours de sa pensée.

– Je pensais à votre maison à la campagne. Est-elle très grande?

– Très grande, très impressionnante, et très belle, je crois! répondit-il en riant.

– Elle doit l'être, car vous avez un goût si exquis.

Il se tourna pour lui jeter un rapide coup d'œil, et elle vit qu'il avait levé les sourcils.

– Vous ai-je choqué? demanda-t-elle rapidement. N'aurais-je pas dû dire cela?

– Au contraire. C'est un compliment qui me fait très plaisir!

Ayant réfléchi quelques instants, Simonetta dit alors :

– Mais vous êtes surpris... qu'une actrice soit capable de discerner et d'apprécier le bon goût.

– Je n'ai rien dit de semblable.

– Toutefois c'est ce que vous avez pensé.

– La vérité est que je redoute la facilité que vous avez de lire dans mes pensées.

– Tout comme moi... quand vous lisez dans les miennes.

– Vous avez quelque chose à cacher et je dois avouer que vous y réussissez fort bien.

Le duc, soudain, rompit le silence qui avait suivi, en disant :

– J'aimerais que vous ayez confiance en moi, que vous me croyiez... même si vous n'avez aucune raison de le faire.

Simonetta répondit en riant :

– Je désire vous croire et il n'est rien que je haïsse plus que les secrets..., c'est si difficile...

– J'ai comme le sentiment – mais je me trompe peut-être – que vous avez de la peine à mentir.

– Je n'ai jamais menti! protesta vivement Simonetta. Excepté...

– Excepté en ce moment?

Elle fit un geste de la main.

– Je vous en prie... (Son ton était implorant :) Vous me rendez les choses très difficiles... et je fais ce que vous souhaitiez que je fasse.

– Et vous le faites plus que brillamment, dit le duc à voix basse. Si bien, en fait, que je suis non seulement étonné et stupéfait, mais intrigué également!

Simonetta regarda fixement devant elle.

Le soleil faisait miroiter l'argent des harnais et elle avait l'impression d'être comme éblouie. Était-ce par la lumière ou par l'homme qui était près d'elle?

Ils arrivèrent à Kew Gardens, et Alister, qui les avait suivis, vint arrêter ses chevaux près d'eux.

Dès qu'ils eurent commencé à se promener à travers les jardins, le McCraig ne tarda pas à s'affirmer comme un grand connaisseur en horticulture, tout spécialement en ce qui concernait les plantes et arbustes récemment découverts.

Alister se taisait, et comme le vieil homme semblait s'entretenir avec Simonetta, le duc garda le silence, lui aussi.

– La découverte d'une nouvelle plante est tout aussi passionnante, si ce n'est plus, que celle d'une nouvelle planète, fit le McCraig.

– Vous songez à Uranus, Sir, répondit Simonetta en souriant. J'ai lu comment elle a été découverte par Sir William Herschel, qui fut musicien avant d'être astronome.

– C'est exact! répliqua le McCraig, visiblement ravi du savoir de la jeune femme. Vous savez, j'espère, que c'est David Douglas qui a rapporté de la côte Ouest d'Amérique le fameux sapin Douglas.

– A dire vrai, Sir, je m'intéresse surtout aux fleurs, répondit-elle. Ma mère les adorait et me disait sa joie quand, petite fille, elle avait vu pour la première fois le lis doré – le *lycoris.*

– Une fleur superbe! s'exclama le vieil homme. Mais je lui préfère le fuchsia, introduit il y a seulement quelques années et qui pousse très bien chez moi en Écosse.

– Je comprends, dit Simonetta en souriant.

Ils visitèrent la pagode et les jardins chinois, qui intéressaient tout spécialement le McCraig.

– Vous êtes très informée sur la Chine? demanda-t-il à Simonetta.

– Je suis au courant de leur médecine qui est très ancienne et s'est révélée très efficace au cours des siècles, répondit-elle.

– Leur médecine? questionna-t-il.

– Oui, à base de fleurs et de plantes qui ont des vertus curatives.

– Je sais, intervint le duc, qu'il existe des herbes dont se servent les Gitans et les gens de la campagne, mais vous prétendez que les fleurs courantes peuvent être utilisées en matière de médecine?

Simonetta lui sourit.

– Certainement! La rose, par exemple, aide le cœur et le foie, et non seulement pour prévenir la douleur, mais pour cicatriser des plaies internes.

– Je ne l'aurais jamais cru! s'exclama le duc.

– Le muguet est merveilleux contre le rhumatisme et la dépression et est aussi bénéfique pour le cerveau.

– Alors il serait fort utile à nombre de mes relations, remarqua sèchement le duc.

– Avez-vous étudié spécialement le sujet? demanda le McCraig.

– Non. C'est de ma mère que je tiens ce que je sais. Elle s'intéressait beaucoup aux herbes et aux plantes, répondit simplement Simonetta.

– Votre femme est étonnante. On ne s'attendrait jamais à trouver autant de savoir et de talent chez un être aussi jeune qu'elle, ne put s'empêcher de déclarer le vieil homme à Alister tandis qu'ils traversaient les jardins pour rejoindre les voitures.

– Je suis un homme très chanceux! dit-il d'un ton léger.

– Très chanceux, vraiment! affirma le vieil homme qui le pensait très certainement.

Comme ils reprenaient la route du retour, le duc se tourna vers Simonetta :

– Vous venez une fois de plus de nous offrir une représentation qui, outre qu'elle était impeccable, aurait fait se dresser d'admiration n'importe quel public!

– Ce n'est pas une... représentation!

– Je le sais très bien.

– Nous ne lui mentons que sur un point, dit

Simonetta. Et, donc, ce que nous faisons ne peut être tellement mal, n'est-ce pas?

Elle parlait comme une enfant qui demande à ce qu'on la rassure, et le duc répondit après quelques instants :

– Je ne pense pas que quiconque songerait à condamner le fait de rendre le vieux gentleman heureux – ce qu'il est visiblement en votre compagnie – et d'apaiser les craintes inspirées par le mariage de son petit-neveu.

– Mais s'il découvre la vérité? demanda Simonetta.

– Cela ne doit jamais arriver! Alister a fait une erreur monumentale en épousant cette femme, mais je ne veux pas qu'il en soit puni tout le reste de sa vie.

Le duc parlait avec dureté.

– Réagiriez-vous de la même façon... devant n'importe quelle... actrice qu'il aurait épousée? questionna Simonetta.

– Certes non! S'il avait épousé quelqu'un comme vous, j'aurais été enchanté, tout comme l'est visiblement le McCraig, de la justesse de son choix.

– Mais pourtant vous estimez qu'un homme ne devrait pas... épouser une femme... qui n'est pas de son rang.

Le duc fit une pause avant de répondre :

– Je ne ferai pas insulte à votre intelligence en niant que, pour moi, le mariage doit unir deux personnes d'égale naissance.

– Ce qui revient à dire que, pour vous, ce qui compte, c'est ce qu'*est* un homme, et non pas ce qu'il *fait?*

Le duc attendit quelques instants avant de répondre :

– Vous m'acculez dans une impasse dont j'ai

peine à me dégager. Ce que vous me demandez est bien ceci : si un gentleman comme Beau Bardsley et une lady – ce que vous êtes indiscutablement – sont gens de théâtre, cela importe-t-il plus que la classe dont ils sont issus?

– Oui, dit Simonetta d'une voix sourde. C'est exactement ce que... j'essayais d'exprimer.

– Tout dépend de ce qu'ils demandent à la vie, répondit le duc. S'ils sont heureux des applaudissements du public, s'ils recherchent le succès professionnel et la célébrité, alors le fait qu'ils ne soient pas acceptés comme les égaux de ceux qui ont un rang social peut n'avoir pour eux aucune espèce d'importance.

Simonetta resta silencieuse.

– Cependant, reprit le duc, j'ai le sentiment que pour une femme cela importera toujours. (Il se tourna pour la regarder avant d'ajouter :) Je vous ai demandé s'il n'y aurait pas un destin qui conviendrait mieux à ce que vous êtes que la carrière d'actrice.

4

Simonetta était occupée à admirer les objets d'art dont le salon était rempli, quand le duc et ses deux invités entrèrent dans la pièce.

Elle se retourna en souriant.

– Venez ici, Katherine, dit le McCraig. Je veux vous parler, à vous et à Alister.

Son ton était si sérieux que Simonetta jeta au duc un coup d'œil inquiet avant de suivre le vieil homme près de la cheminée.

Il était debout le dos contre le feu et leur dit dès qu'ils l'eurent rejoint :

– Le duc a été infiniment aimable de nous accueillir chez lui alors que vous n'êtes pas encore installés. Je suis certain que vous appréciez sa générosité; mais, en même temps, je sais qu'il est important pour vous d'avoir votre propre maison.

Il marqua une pause et Simonetta se demanda ce qui allait suivre.

– J'y ai réfléchi, continua-t-il, et je comprends qu'Alister n'a pas, pour le moment, la possibilité d'acquérir la maison où accueillir comme il conviendrait, sa femme et, plus tard, une famille.

Simonetta vit qu'Alister écoutait intensément, tout en souriant légèrement à l'idée de ce qui allait suivre.

– Aussi ai-je décidé, poursuivit le vieil homme, de mettre à la disposition d'Alister une certaine somme d'argent, ce qui lui permettra de mener une existence conforme à sa position, et à ma mort il sera mon héritier.

Il se tut et le silence qui suivit parut plus impressionnant que les mots.

– C'est merveilleusement généreux, Sir! s'exclama Alister. Je ne pourrai jamais assez vous exprimer toute ma reconnaissance!

– Je peux bien avouer maintenant, mon garçon, répliqua-t-il, qu'en venant ici j'étais très inquiet de découvrir quel genre de femme tu avais épousée. Cependant, et bien que Katherine appartienne d'une certaine façon aux milieux du théâtre, elle est tout ce que je pouvais souhaiter comme femme de futur chef de clan.

Tout en parlant, il regardait Simonetta.

– Merci, murmura-t-elle.

Elle aurait aimé ne pas se sentir si coupable et ne pas avoir été contrainte de tromper ce si merveilleux vieillard. Elle pensait combien ce serait horrible s'il venait jamais à découvrir la mystification dont il était victime.

Peut-être pour soulager sa conscience, Simonetta s'avança et, dans un geste impulsif, déposa un baiser sur la joue du McCraig.

– Merci, dit-elle, de rendre Alister si heureux.

Elle savait combien ce geste l'avait touché. Puis, comme s'il se refusait à toute manifestation d'émotion, il dit d'une voix presque rude :

– Eh bien, Katherine, je vais prendre congé. Je vous dis adieu car je ne compte pas vous voir demain matin. (Devant sa surprise, il expliqua :) Je pars de très bonne heure. J'ai été invité à passer la première nuit de mon voyage de retour chez le comte de Glencairn, près de Leicester. C'est un de mes vieux amis et je lui ai promis de m'arrêter chez lui. (Il se tourna vers le duc :) J'espère, Ravenstone, que mon départ si matinal ne sera pas un dérangement? Je compte partir à 7 heures.

– Pas le moins du monde, affirma le duc. Mais vous ne craignez pas que cette journée soit un peu longue et fatigante?

– J'ai l'habitude de me lever tôt, répondit le vieil homme, et comme je tiens à dîner avec le comte, j'ai avantage à me mettre en route le plus tôt possible!

Il tendit la main à Simonetta.

– Au revoir, ma chère. J'espère vous recevoir bientôt à Castle Craig, afin que la famille de votre mari ait le plaisir de vous rencontrer.

– J'en serai vraiment ravie, répondit Simonetta avec une révérence.

– Je ne te verrai sans doute pas demain matin, Alister?

– Mais bien sûr que si, Sir.

Tous trois, cette fois, escortèrent le vieil homme jusqu'au pied de l'escalier. Pour Simonetta qui le regardait monter si fièrement sans s'aider de la rampe, il semblait avoir la dignité de quelque roi des Highlands.

A peine s'était-il éloigné qu'Alister se hâta de dire :

– Il faut que j'aille retrouver Kitty et, si je dois être ici à 6 heures demain matin, j'ai intérêt à aller me coucher aussi tôt que possible!

Le duc resta silencieux et Simonetta eut le sentiment qu'Alister, en présentant comme une corvée le fait de devoir se lever de bonne heure, lui avait paru méprisable.

Tout en pensant qu'elle devrait, elle aussi, se retirer, elle regagna le salon où le duc la suivit. La porte se referma derrière eux.

Elle se dirigea vers la cheminée. Le duc traversa lentement la pièce pour aller vers elle, tout en regardant son visage penché sur les flammes qui éclairaient ses cheveux blonds.

– C'est à vous, à vous seule, lui dit-il, que revient l'étonnant succès de la manœuvre destinée à améliorer la situation financière d'Alister.

Quelque chose dans sa voix contredisait ce qui se voulait un compliment.

– J'ai... honte, murmura Simonetta. L'homme est si magnifique, si superbement droit et honnête, que c'est mal à nous de l'avoir trompé.

– Nous avons déjà discuté cette question, répliqua le duc. C'était le seul moyen de le persuader de léguer sa fortune à Alister.

– Vous pensez que... l'heure venue... Mr McCraig fera un bon... chef de clan? demanda Simonetta d'une voix basse.

– Cela vous importe-t-il vraiment? interrogea le duc.

Simonetta garda le silence pendant quelques instants, puis répondit :

– Ma question a pu vous paraître impertinente; mais le problème me touche du fait que j'y ai été mêlée. Je n'aimerais pas qu'il déçoive les membres du clan.

– J'ai le sentiment, dit le duc, que, de sa rencontre avec vous durant ces deux jours, il a appris beaucoup. Et peut-être, dans le futur, insistera-t-il pour que sa femme se comporte comme elle le devrait.

– Un sage a dit, un jour, que lorsqu'on jette une pierre dans un étang, on ne sait jamais quelles ondes on provoquera ni où elles s'arrêteront, dit Simonetta d'une voix basse.

– C'est exact, répliqua le duc. Mais les conséquences cette fois ne peuvent être que bonnes.

– Comment pouvez-vous en être sûr?

– Simplement parce que tout en vous est intrinsèquement bon.

Elle le regarda d'un air surpris.

Puis quand leurs yeux se rencontrèrent à nouveau, elle ressentit l'étrange charme qui la subjuguait et la fascinait.

Elle fit un petit mouvement comme pour se dégager de cette emprise.

– Asseyez-vous, Simonetta, lui dit le duc. Je veux vous parler.

Il avait prononcé ces mots d'un air grave. Simonetta ouvrit de grands yeux étonnés.

– Tout d'abord, commença-t-il, je veux vous donner l'argent que je vous ai promis et que vous avez si brillamment gagné.

Prenant sur la table une enveloppe cachetée, il la lui tendit.

Elle la prit d'un geste machinal, tout en souhaitant pouvoir la refuser.

Mais se souvenant que la vie de son père en dépendait, elle la posa à côté d'elle sur le divan.

– J'ai pensé que vous préféreriez de l'argent liquide. Ce sont de grosses coupures mais qui peuvent être changées aisément, dit-il.

Simonetta resta silencieuse et le duc reprit :

– J'aurais préféré le virer à une banque, car ce peut être dangereux pour vous de transporter autant d'argent.

A ces mots, Simonetta eut une idée.

– J'ai un message pour vous, Votre Grâce, de la part de Mr Bardsley.

– Un message? répéta le duc.

– Oui. Il demande si vous voudriez bien payer directement à sa banque l'argent que vous lui devez.

Le duc sourit.

– C'est très sensé. Si je donne ces billets à Beau Bardsley, je sais qu'il ne les gardera pas longtemps et les aura distribués avant d'avoir quitté le théâtre. Savez-vous de quelle banque il s'agit?

– Oui, il me l'a dit. La banque Coutts.

– Parfait. L'argent sera déposé demain matin, dit le duc. J'imagine que vous connaissez très bien Beau Bardsley?

– Oui.

– Lui avez-vous demandé ce qu'il pensait du choix de votre carrière?

– N... non.

– Je suis convaincu que, tout comme moi, il vous l'aurait déconseillé. (Il y eut une pause, puis il continua :) Dites-moi quelque chose, Simonetta... Et là, je veux la vérité. Avez-vous jamais tenu un rôle au théâtre?

Elle leva les yeux vers lui et, pour une quelconque raison, se trouva dans l'impossibilité de mentir.

– Pas... encore.

– Je m'en doutais, répliqua le duc. Maintenant, écoutez-moi. Quel que soit l'attrait que le théâtre puisse exercer sur vous, vous avez tort – absolument tort!

– Pourquoi me dire cela? demanda-t-elle.

– Parce que je connais le monde du théâtre, répondit le duc, et si quelques femmes – très peu en fait – peuvent atteindre par leur talent le sommet de leur profession, pour les autres, les choses se passent bien différemment.

Simonetta comprit ce qu'il essayait de lui dire, mais comme cela l'embarrassait, elle se contenta de regarder les flammes dans la cheminée.

– Je me refuse à croire que vous pourriez un seul instant faire face aux sordides intrigues que doit accepter toute actrice qui désire obtenir le rôle qu'elle convoite – ou qui ne peut même pas obtenir une audition sans l'intervention d'un protecteur. Vous me comprenez?

– O-oui... je comprends, murmura Simonetta.

– Alors, renoncez à cette idée absurde, reprit le duc avec insistance.

Simonetta se leva.

– Je pense, Votre Grâce, qu'il n'y a rien à gagner à en discuter.

– Je n'ai pas terminé ce que j'ai à vous dire.

La jeune fille ne souhaitait pas l'entendre plus longuement. Ne pouvant lui donner la réponse qu'il voulait, elle ne songeait qu'à lui échapper.

Et cependant, elle ne tenait pas à le quitter. C'était, elle le savait, leur dernière soirée, et une fois franchi le seuil de sa maison elle ne le reverrait jamais plus.

– Je sais que vous ne me direz rien sur vous-même, mais je suis certain, poursuivit-il, que c'est par besoin d'argent que vous voulez faire du théâtre.

Elle comprit qu'il cherchait les mots justes pour exprimer sa pensée.

– Ce que je vais suggérer peut paraître étrange, mais je désire vous aider. Je tiens à faire ce qui est le mieux pour vous.

– Je vous en prie... Votre Grâce... n'en dites pas davantage.

– Je dois, répondit-il, je désire vous offrir de l'argent, assez d'argent pour que vous puissiez être indépendante.

Simonetta, le souffle court, le regardait intensément.

– Je vous jure, dit le duc, de ne jamais rien vous demander en retour – si ce n'est ce que vous désirerez m'accorder. Mon offre ne s'accompagne d'aucune espèce de condition!

Son ton avait quelque chose d'émouvant et de

solennel et, comme les lèvres de Simonetta esquissaient déjà un refus, il poursuivit :

– Vous savez, je pense, que je pourrais vous dire bien d'autres choses et que j'aimerais vous les dire, mais Beau Bardsley vous a envoyée ici, je lui avais donné ma parole que vous quitteriez ma maison aussi pure que vous y étiez entrée.

La jeune fille eut un petit mouvement des paupières et ses joues se colorèrent.

– J'ai tenu ma promesse, dit le duc, mais vous ne saurez jamais combien ce fut difficile, quel désir j'avais de vous, et combien j'aurais aimé vous dire que vous êtes l'être le plus séduisant que j'aie jamais rencontré!

– Ce... ce n'est pas... vrai, balbutia Simonetta.

– C'est vrai, absolument vrai! dit le duc. Mais j'ai fait cette promesse et je la tiendrai. Aussi n'y a-t-il qu'une chose que je puisse vous demander : quand vous reverrai-je?

Simonetta reprit son souffle.

– Jamais! Nous ne nous reverrons... jamais!

– Vous parlez sérieusement?

– C'est impossible... Je ne peux vous expliquer... mais c'est impossible!

– Et vous n'accepterez pas mon offre?

Simonetta secoua la tête.

– Non, Votre Grâce. J'ai conscience qu'en la formulant vous ne vouliez qu'être aimable et bon, mais vous m'avez donné tout ce que je désire.

– Cinq cents guinées? interrogea le duc. Mais, ma chère enfant, combien de temps pensez-vous que durera cette somme?

– Assez longtemps, répondit Simonetta.

Elle se disait qu'avec les cinq cents autres guinées que recevrait son père, ils seraient en mesure de passer au moins six mois à l'étranger.

— Assez... pour quoi? demanda le duc.

Comme elle se taisait, il s'exclama presque avec colère :

— Pourquoi faut-il que vous soyez si mystérieuse? Pourquoi faut-il que vous me tourmentiez en me refusant toute explication, en me laissant aussi ignorant de vous qu'à l'instant où je vous ai vue pour la première fois!

Elle ne répondit pas.

— Ce n'est pas exact, reprit-il, je sais beaucoup de choses sur vous, sur votre caractère, votre personnalité; je connais votre gentillesse, votre charme et surtout votre pureté.

Frappant du poing la cheminée, il s'écria :

— Sachant ce que j'éprouve à votre endroit, vous pensez vraiment que vous pouvez sortir de ma vie et me demander de ne plus vous revoir? C'est impossible... Complètement impossible, et vous le savez!

— C'est une situation que vous devez... accepter. (Elle se tut, puis reprit après quelques instants :) Si cela peut vous rendre... plus heureux, sachez que je... renoncerai à la scène.

— Mais alors, que ferez-vous? Où serez-vous?

— A l'étranger.

— A l'étranger? répéta le duc. Pour y vivre? Croyez-vous que ce soit sage lorsque menace une reprise de la guerre avec la France?

— Peut-être l'Italie n'y sera-t-elle pas mêlée? dit vivement Simonetta.

— Parce que vous avez l'intention d'aller en Italie?

Comprenant qu'elle venait de faire une erreur, elle ne répondit pas.

— J'ai l'impression que si vous parveniez à atteindre l'Italie cette année, vous pourriez fort bien être dans l'impossibilité d'en revenir. (Il s'approcha d'elle :) Avec qui y partez-vous? Avec un homme qui vous arrache à votre pays et à tout ce qui vous est familier? Allez-vous l'épouser?

Elle soupira longuement.

– Je ne peux répondre à aucune de vos questions, Votre Grâce. Je pense que, maintenant, il serait sage que je regagne ma chambre.

– Je pense que ce serait sage, en effet, répliqua le duc, mais il n'est pas dans mon intention de vous libérer avant que vous n'ayez dit la vérité.

– Je ne le peux pas... je vous en prie... je ne le peux pas!

– Je vous ai demandé d'avoir confiance en moi.

– Je le voudrais... mais c'est impossible... Je vous jure que c'est impossible! Sinon je le ferais!

Elle le suppliait. Tendant la main, il la saisit par le menton et tourna son visage vers le sien.

– Peut-on avoir un visage tel que le vôtre, cria-t-il presque sauvagement, et être prête cependant à me tromper?

– Je ne... vous trompe pas.

Elle avait de la peine à parler car le contact de ses doigts sur son visage provoquait en elle une sensation étrange.

La tenant toujours par le menton, il la fixa au fond des yeux en se rapprochant d'elle.

– Vous êtes belle! dit-il. Incroyablement belle!

Sa voix avait des accents si étranges qu'elle eut l'impression de respirer difficilement et qu'elle leva les mains comme pour l'en avertir.

– De grâce, supplia-t-elle, vous m'effrayez!

Le duc la lâcha aussitôt.

– Je ne voulais rien faire de semblable, mais vous me faites perdre tout contrôle.

Ses yeux brillaient d'une flamme qui la rendait tremblante, mais elle parvint cependant à balbutier :

– Vous m'oublierez... et merci, Votre Grâce, pour toute votre... gentillesse!

– Est-ce réellement votre pensée? demanda le duc. Que puis-je dire? Comment puis-je vous persuader que vous ne devez pas partir?

– Je le dois, répondit Simonetta. Il n'y a rien à ajouter... Tout ce que nous pourrions dire d'autre ne ferait que compliquer les choses.

– Pourquoi? Mais pourquoi? répéta le duc. Pourquoi ne pouvez-vous me dire la vérité? Quels sont donc ces secrets que vous cachez?

Simonetta se tourna pour prendre l'enveloppe restée sur le divan.

– Bonne nuit... Votre Grâce.

– Si votre intention est vraiment de ne jamais me revoir, fit le duc, et si vous songez vraiment à partir pour l'étranger où il me sera impossible de vous retrouver, ne me laisserez-vous pas vous dire adieu en vous embrassant?

Elle ne répondit pas.

– Ce n'est pas trop demander, dit-il la bouche crispée, et puis-je vous avouer que c'est une chose que je ne me souviens pas avoir encore jamais sollicitée. (Baissant les yeux et voyant le pauvre petit visage tourmenté, il reprit d'une voix douce :) Vous n'êtes pas obligée de me dire que vous n'avez jamais été embrassée, et je souhaite plus que tout au monde être le premier à le faire.

Simonetta se répétait qu'elle ne devait pas l'écouter, qu'elle devait quitter le salon immédiatement.

Elle essaya de penser à son père, mais tout ce à quoi elle cherchait à se raccrocher lui échappait; seules demeuraient pour elle la voix implorante du duc et l'étrange sensation éprouvée dès qu'il était près d'elle.

Elle leva les yeux vers lui et elle fut perdue.

Il y avait dans son regard quelque chose d'irrésistible, quelque chose aussi qui semblait les unir, et elle éprouva un émerveillement absolument neuf.

Il s'approcha d'elle, et gentiment, comme s'il craignait de l'effrayer, il l'entoura de ses bras et l'attira vers lui.

Elle était consciente, mais de plus en plus vaguement, qu'elle devait résister; et pourtant c'était impossible.

Il y avait dans ce qui se passait quelque chose de fatal, d'inéluctable, comme si cela avait été décidé de tout temps.

– Vous êtes si parfaite, murmura le duc tandis que ses lèvres touchaient les siennes.

Son baiser était si tendre et si doux que Simonetta ne fut pas effrayée; et les bras qui l'entouraient lui donnaient le sentiment d'être protégée.

Puis, quand ses lèvres prirent possession d'elle, elle eut l'impression que le sentiment de joie et de ravissement qui l'envahissait en cet instant résumait tout ce qu'elle avait vu et entendu de beau.

Le salon disparut, la cheminée rougeoyante, et le parfum des fleurs... tout s'évanouit pour elle.

Elle ne voyait plus qu'un ciel étoilé sous lequel ils étaient seuls – un homme et une femme qui s'étaient trouvés à travers et pour l'éternité.

Le duc l'étreignait avec plus de force et ses lèvres maintenant se faisaient plus exigeantes, mais son élan gardait une gentillesse qui empêchait Simonetta d'avoir peur.

Elle n'aurait pu dire combien de temps avait duré ce baiser.

Mais quand le duc releva la tête, elle se sentit étourdie, perdue, comme si elle retrouvait la terre après avoir connu le ciel.

Elle le regarda droit dans les yeux pendant un moment.

Puis, avec un petit murmure incompréhensible, elle quitta le salon en courant. Demeuré seul, il resta là à fixer longuement la porte qu'elle avait refermée.

Simonetta dut attendre un assez long temps sur le seuil avant que Nanna n'entende ses petits coups répétés et ne vienne lui ouvrir la porte.

– Ma chérie! s'exclama-t-elle en la voyant là. Je ne pensais pas que c'était vous. Il est à peine 6 heures.

– Je sais, répondit Simonetta.

Elle entra, et le cocher qui l'avait amenée de Berkeley Square porta son sac de voyage à l'intérieur de la maison.

Elle régla la course, et à peine avait-il disparu que Nanna demanda :

– Que s'est-il passé? Pourquoi êtes-vous là de si bonne heure?

– Tout est bien, répondit Simonetta sur un ton apaisant. Je tenais à rentrer aussitôt que possible. J'ai l'argent, Nanna. Nous pourrons partir pour l'Italie dès que papa sera en état de voyager.

Comme elle ne répondait pas, la jeune fille demanda vivement :

– Pourquoi faites-vous ce visage, Nanna? Comment est papa?

– Dans un état qui ne me plaît guère, répliqua Nanna. Le docteur est venu hier et doit revenir ce matin; mais, ma chérie, je ne vous mentirai pas : il me fait l'effet de s'affaiblir à vue d'œil.

– Je vais le voir.

Retirant sa cape, elle monta l'escalier en courant.

La chambre de son père était plongée dans l'obscurité.

Elle ouvrit les rideaux, laissant entrer la pâle lumière de l'aube.

Le regardant étendu, sa tête reposant sur les oreillers, elle comprit que l'inquiétude de Nanna était justifiée.

La peau de son visage était transparente et comme sans vie.

Il avait toujours été très mince, mais ses joues maintenant s'étaient creusées et, sous ses yeux, de grands cernes sombres étaient apparus; tout en lui avait pris un air immatériel.

Elle resta longtemps à le regarder. Puis comme il lui sembla qu'il dormait encore, elle ranima le feu et sortit.

Elle croisa Nanna qui portait son sac de voyage dans sa chambre.

– A-t-il beaucoup toussé? lui demanda-t-elle.

– Parfois, pendant son sommeil, répondit Nanna, et quand il est éveillé, il a de terribles quintes. Le docteur l'a maintenu sous sédatifs et, de ce fait, il n'a pas remarqué votre absence.

– Il faut que nous arrivions à le persuader de s'alimenter, dit Simonetta.

Toutefois, ce fut difficile et, malgré toutes ses cajoleries, elle ne parvint pas à lui faire absorber autre chose qu'une tasse de café. Devant toute nourriture solide, il refusait d'un signe de tête.

– Il faut que tu reprennes des forces, papa.

– Je suis... fatigué, lui répondit-il d'une voix terriblement lointaine. Trop fatigué pour... penser, trop fatigué pour... jouer. (Et comme si le mot « jouer » éveillait en lui quelque écho, il dit d'un ton tout différent :) Jouer! Est-ce qu'ils m'attendent, au théâtre?

– Non, papa. Pas aujourd'hui, répondit Simonetta. C'est dimanche.

Ce n'était pas vrai. Mais elle pensa que ce mensonge lui permettrait de se détendre, et elle se sentit soulagée en le voyant reposer sa tête sur les oreillers.

– Qu'est-ce donc que je dois jouer... lundi? lui demanda-t-il.

– Hamlet, répliqua Simonetta. Tu joues Hamlet durant toute la semaine prochaine, et il n'y a déjà plus une place de disponible.

Elle savait, là encore, que c'était ce qu'il aimerait à entendre.

Un pâle sourire était apparu sur les lèvres de Beau Bardsley tandis qu'il répondit :

– Ce qui veut dire... qu'ils devraient pouvoir... payer la troupe.

– Oui, bien sûr, papa.

Nanna entra pour mettre un peu d'ordre dans la chambre et dit, quand elle eut terminé, qu'elle ferait la toilette du maître et le raserait. Elle chargea Simonetta d'aller lui préparer un œuf battu dans du lait.

– Ajoutez-y une larme de cognac, lui dit-elle. Cela lui donnera un peu de force, s'il ne veut pas manger.

Quand Simonetta remonta, venant de la cuisine, son père toussait violemment.

Peut-être cette toux était-elle due au fait qu'il avait bougé pendant que Nanna faisait sa toilette, mais, qu'elle qu'en fût la raison, elle le secouait de façon inquiétante.

C'était comme un spasme incoercible et son mouchoir, maintenant, se tachait d'un sang abondant. Simonetta regarda Nanna avec des yeux effrayés.

La toux se calma enfin, et Beau Bardsley s'étendit à nouveau, l'air épuisé. Simonetta était terrifiée par sa pâleur et par la peine qu'il avait à respirer.

C'est à cet instant qu'on frappa à la porte. Elle devina que c'était le docteur.

Elle descendit à la hâte pour lui ouvrir et, en la voyant, il s'exclama :

– Mon enfant... comme je suis heureux que vous soyez de retour! Si vous n'aviez pas été là, je vous aurais envoyé chercher.

Avant de l'entraîner dans le petit salon, il avait lu l'interrogation dans le regard de la jeune fille.

Comme il se taisait, ce fut elle qui après quelques instants rompit le silence :

– J'ai l'argent, docteur. Si vous estimez que papa est en état de voyager, je pourrai maintenant l'emmener à l'étranger.

Le docteur demeura silencieux, puis dit alors d'une voix calme :

– Je pense, Simonetta, que vous préférerez connaître le vérité. Votre père ne voyagera jamais plus. Il n'est rien, ma chère, que je puisse faire encore pour le sauver!

Bien plus tard, quand le temps eut passé, Simonetta se demandait souvent ce qu'elle serait devenue sans le Dr Lesley.

A la mort de son père, il s'était chargé de tout; elle était à demi consciente et incapable de comprendre ce qui se passait, sachant seulement qu'elle éprouvait un sentiment de perte et de vide intolérable.

Bien que sans raison, elle n'avait jamais imaginé que, comme sa mère, il mourrait aussi rapidement. Cette fragilité de l'existence l'avait laissée désemparée.

Et cependant il avait eu une mort superbe, celle qu'il aurait souhaitée s'il avait pu la choisir.

C'était le jour du retour de Simonetta. Elle s'était assise à son chevet, l'après-midi, et s'efforçait d'affronter l'effroyable révélation du docteur, tout en cherchant vainement à croire qu'un miracle pourrait sauver encore son père.

La lumière du foyer jetait une lueur sur son visage et il lui parut moins pâle et moins immatériel.

Avec ses traits nettement dessinés et son front carré, il faisait penser à une statue grecque et la jeune fille se demandait en le regardant s'il pouvait exister homme plus beau que son père.

Mais même absorbée comme elle l'était dans sa contemplation, elle ne pouvait chasser de son souvenir le charme du duc, et l'expression de son regard, cette expression à laquelle elle n'avait pu résister.

Il lui suffisait de penser à lui pour se sentir prise d'un frisson et retrouver cette étrange sensation d'extase éprouvée quand il l'avait embrassée.

Elle n'avait pas regretté un seul instant d'avoir cédé à cette étreinte et d'avoir pour la première fois de sa vie permis à un homme de prendre ses lèvres.

« Quand bien même je ne devrais jamais le revoir, se disait-elle, ce sera au moins un souvenir précieux. »

Elle savait que même si le voyage à l'étranger n'avait plus lieu d'être, elle ne reverrait cependant jamais le duc.

Il vivait dans un monde, et elle dans un autre; et, en fuyant comme elle l'avait fait, elle avait agi de la seule façon possible, évitant qu'après la perfection de ce baiser, tous deux ne tombent dans les platitudes et les lieux communs et ne passent du sublime au ridicule.

Elle avait tiré le rideau sur ce qui demeurerait toujours – elle le savait – la plus merveilleuse expérience de sa vie.

A cette heure, au chevet de son père, elle devait bien s'avouer que ce qu'elle éprouvait pour le duc n'était autre que de l'amour, ce même amour qui avait poussé sa mère à fuir avec un acteur, renonçant à un fiancé riche et distingué.

Mais la situation n'était pas la même. L'amour d'Annabel Winslow, jeune fille noble, pour un acteur, était différent de l'amour d'une fille d'acteur pour un duc.

Si même il le désirait – ce dont Simonetta doutait – ils ne pourraient jamais se marier. Ce serait le même genre de mésalliance que le mariage d'Alister McCraig avec Kitty Warden.

« Je l'aime... mais notre amour ne doit jamais être souillé ou amoindri », se dit Simonetta.

En dépit de son innocence, elle comprenait que ce que le duc éprouvait pour elle était d'une autre nature que ce qu'il ressentait pour d'autres femmes.

Ce n'était pas le libertin, le débauché dont avait parlé son père qui lui avait offert son indépendance en n'accompagnant cette générosité d'aucune condition et en lui promettant de ne rien demander en retour.

Sa voix avait été d'une sincérité absolue, et pas un instant elle n'avait douté de lui.

Peut-être la promesse aurait-elle été dure à tenir. Peut-être leur aurait-il été impossible d'être près l'un de l'autre sans succomber à l'attirance qu'ils ressentaient tous deux.

Mais cette promesse avait été faite – et c'est ce qui comptait – bien que personne, et certainement pas son père, n'y eût ajouté foi.

« Je crois le duc », se répéta Simonetta, et elle fut prise d'un ardent désir de le revoir, de lui parler.

Elle n'avait jamais pensé que rien puisse être aussi fascinant que de le voir présidant un dîner, ou conduisant son phaéton avec aisance et distinction, ou à ce dernier instant quand il l'avait prise dans ses bras.

« Je l'aime! Je l'aime! » murmura-t-elle.

Elle eut honte, soudain, en se surprenant à penser au duc alors que son père se mourait.

Mais l'amour – se dit-elle aussitôt – est quelque chose d'incontrôlable. Elle se souvenait que sa mère lui avait dit un jour :

« Quand je suis tombée amoureuse de ton père, j'ai compris que plus rien n'avait d'importance – famille, amis, ou admirateurs. Tout avait cessé d'exister – hormis un homme. »

Simonetta, alors, n'était pas certaine d'avoir très bien compris ; mais ce que sa mère avait voulu dire, elle l'éprouvait maintenant.

C'était ce qu'elle avait ressenti quand le duc l'avait embrassée et l'avait arrachée à la terre, la transportant en un lieu enchanté où ils étaient seuls à exister – seuls dans l'émerveillement de leur amour.

Il lui avait dit qu'elle était comme une étoile scintillante; et quand leurs lèvres s'étaient rencontrées, c'était pour elle comme si les étoiles tombaient du ciel pour se poser à leurs pieds.

« Je l'aime! Oh! Dieu, comme je l'aime! » ne cessait-elle de se dire, consciente que l'avenir s'annonçait sombre et vide puisque le duc en serait exclu.

Un morceau de charbon roula et Simonetta se leva pour prendre la pince et le remettre dans le foyer.

En se tournant vers le lit, elle vit que son père avait les yeux ouverts.

– Annabel!

Il avait dit ce nom d'une voix à peine audible, mais cependant elle l'avait entendu.

Elle avança vers lui.

Elle posa sa main sur la sienne et se pencha vers lui, mais il ne sembla pas la voir.

– Annabel! répéta-t-il. Oh! Annabel... ma chérie!

Sa voix vibra soudain; de cette vibration qui touchait les spectateurs et leur donnait l'impression qu'il parlait à leur cœur.

Simonetta sentit ses yeux s'emplir de larmes. Puis, avec toujours dans la voix cette même note bouleversante, Beau Bardsley dit alors :

– Annabel! Comme cela a été long! Comme tu m'as manqué, mon enfant bien-aimée!

Simonetta eut l'impression que, pendant un moment, une sorte de rayonnement transformait son visage et qu'une lueur venue d'ailleurs éclairait son regard.

Puis ses yeux se fermèrent, un sourire apparut sur ses lèvres, et Simonetta comprit qu'il était mort.

Ce fut le Dr Lesley qui, par égard pour Simonetta, décida que les funérailles seraient strictement intimes et que le décès de Beau Bardsley ne serait annoncé qu'ensuite au public.

Il se chargea de tout, prit toutes les dispositions et Simonetta et Nanna accompagnèrent seules le cercueil jusqu'au cimetière.

L'enterrement eut lieu par un jour de vent et de pluie et quand le cercueil fut descendu en terre, Nanna éclata en sanglots; mais Simonetta, elle, ne pleurait pas.

Elle savait que la mort venait de réunir à nouveau son père et sa mère.

Son corps avait été déposé dans un cercueil de chêne tout simple, choisi par le Dr Lesley; mais son âme, pensait Simonetta, devait connaître la joie. Cette joie, elle s'était exprimée par le rayonnement de son visage et par le timbre de sa voix, en son dernier instant.

« Je suis celle qu'ils ont abandonnée », pensait-elle tristement.

Elle avait regagné la maison dans une voiture de louage, avec Nanna qui ne parvenait pas à arrêter ses larmes.

Il leur avait été impossible d'échanger une parole ce jour-là. Nanna s'était enfermée dans sa cuisine comme elle le faisait quand elle désirait être seule, et Simonetta s'était réfugiée dans le petit salon de sa mère pour regarder les portraits de son père.

Elle n'arrivait pas à accepter l'idée de ne plus le revoir, de ne plus l'entendre revenir le soir pour lui raconter ce qui s'était passé au théâtre ou pour répéter, étendu sur son lit, le texte de son prochain rôle.

Elle était consciente d'avoir à prendre des décisions concernant leur avenir, à elle et à Nanna.

Dieu merci, grâce à l'intérêt du duc pour son neveu, elles étaient pour le moment à l'abri de tout souci d'argent. Mais cette somme ne durerait pas toujours.

Simonetta ne pouvait détacher sa pensée du duc, se rappelant tout ce qu'il lui avait dit et revoyant chacun des moments qu'ils avaient passés ensemble.

Il lui arrivait parfois de s'interroger, en songeant à leur rencontre, se demandant si elle n'aurait pas été plus heureuse si elle ne s'était jamais rendue à Ravenstone House. En ne cherchant pas à sauver la vie de son père, elle aurait sans doute préservé sa propre sérénité et évité d'avoir le cœur brisé.

Car c'est ce qui lui arrivait.

La phrase, chaque fois qu'elle l'avait entendue sur la scène, n'avait jamais manqué de la faire rire.

Elle comprenait maintenant que c'était une réalité; sa peine ne cessait de grandir chaque jour et elle avait le sentiment qu'elle ne s'en libérerait jamais.

Plus elle essayait de se dire qu'il s'agissait de quelque chose de révolu, qu'elle se devait d'oublier, plus le désir de revoir le duc se faisait intense, au point parfois de l'effrayer.

Et insidieusement, il lui venait la tentation de faire ce qu'il souhaitait, d'accepter ses conditions, de lui dire qu'elle était prête, après tout, à se plier à toutes ses suggestions pourvu qu'elle puisse le voir de temps à autre.

Puis cette pensée à peine surgie, elle se disait que c'était là le premier pas vers la dégradation.

Elle n'était ni assez sotte ni assez ignorante pour ne pas saisir que la raison pour laquelle son père désirait l'écarter de tout contact avec le théâtre était la liberté des mœurs qui régnait dans ce milieu.

Quand elle entendait dire que l'actrice à laquelle on avait confié le premier rôle était la protégée de quelque aristocrate ayant financé la production, ou que le producteur avait arraché le rôle important pour sa maîtresse du moment, Simonetta ne pouvait pas ne pas comprendre les dessous du théâtre.

En dépit des précautions que prenait son père lorsqu'il parlait devant elle, les bavardages et les intrigues du théâtre faisaient partie de sa vie.

Elle était suffisamment subtile pour assembler les bribes de conversations entendues et pour savoir la vérité, même quand ses parents s'évertuaient à la lui cacher.

Ce qu'elle comprenait ne la choquait pas vraiment; elle estimait simplement que ce n'était pas plaisant ou, comme avait dit le Dr Lesley, « désobligeant », et elle savait que, pour ce qui était d'elle, pareille vie serait absolument intolérable et contraire à tout ce en quoi elle croyait.

« L'amour que papa et maman éprouvaient l'un pour l'autre était, pensa-t-elle, quelque chose de très beau, d'un caractère presque sacré. »

Elle était certaine, bien qu'elle ne l'ait jamais

approché, que l'amour clandestin était quelque chose de mal.

Et de plus, il lui était difficile de croire que son amour pour le duc et les sentiments qu'il avait pour elle n'étaient rien moins que droits et purs.

Elle avait senti que, dans ce qu'il lui inspirait, il y avait une part de spiritualité.

Le divin était présent quand le duc l'avait emportée jusqu'aux étoiles, et l'amour qu'elle ressentait pour lui, en fait, aussi saint que ses prières et ses sentiments de révérence envers l'Église.

« Comment cela peut-il être mal? » se demanda-t-elle.

La réponse lui était connue. Elle savait n'avoir rien fait de mal jusqu'ici, mais elle ne devait pas aller plus loin.

– Que va-t-il advenir de nous? avait-elle demandé à Nanna deux jours après les funérailles de son père.

– J'y ai beaucoup pensé, répliqua Nanna. Il nous faut voir la réalité en face, miss Simonetta. Nous ne pouvons pas rester ici indéfiniment!

– Papa était propriétaire de la maison.

– Je le sais, mais, rectifia Nanna, il y a les impôts à payer, les réparations à faire et... il faut manger.

Simonetta la regarda avec des yeux immenses, et Nanna déclara :

– J'ai pensé que si j'allais travailler, nous pourrions peut-être tenir un an ou un peu plus.

– Et vous croyez vraiment que je resterais assise ici et vous laisserais aller travailler pour moi? répliqua la jeune fille. C'est absurde, Nanna. Si quelqu'un doit travailler, c'est moi. Je suis jeune et forte.

– Et aussi innocente qu'un nouveau-né! s'exclama Nanna d'un ton ironique destiné à mettre fin à la discussion. Que croyez-vous que vous pourriez faire? reprit-elle.

– Je ne sais pas, répondit Simonetta. Il doit bien y avoir une possibilité. (Elle soupira.) Peut-être, finalement, pourrais-je me destiner au théâtre.

– Pour que votre père et votre mère se retournent dans leur tombe? demanda Nanna avec violence. C'est la dernière chose que vous ferez, miss Simonetta, aussi longtemps que je vivrai!

– Alors, que reste-t-il?

– Nous trouverons.

Ces mots ne pouvaient tromper Simonetta. C'était – elle le comprenait – ceux que dit une nurse à un enfant triste pour le consoler, et malgré ses efforts Nanna n'avait pas réussi à cacher à Simonetta son inquiétude réelle.

– Je n'ai pas le temps d'y penser maintenant, reprit Nanna d'un ton brusque. J'ai des choses à faire; il faut que j'aille aux commissions. Nous n'avons plus de pain et je veux acheter des œufs pour le dîner. Dieu merci, nous avons assez d'argent pour nous nourrir quelques mois.

– Est-ce que je vous accompagne? demanda Simonetta.

Nanna regarda à travers la vitre.

– Il bruine, dit-elle. Vous êtes déjà sortie aujourd'hui. Vous restez près du feu et vous mettez la bouilloire dessus dans une demi-heure. Si je vois le marchand de *muffins,* j'en prendrai pour le thé.

– Ce sera gentil, lui répondit Simonetta avec un sourire.

Elle comprit que Nanna essayait de lui faire une gâterie. Elle avait toujours adoré les *muffins,* et quand elle était petite fille elle écoutait la clochette du marchand ambulant tandis qu'il descendait la rue en portant son plateau sur la tête.

Nanna disparut avec un panier au bras, et Simonetta alla s'asseoir devant le feu.

Et tout naturellement, elle se prit à penser au duc. Que faisait-il en ce moment?

Peut-être, se dit-elle tristement, est-il avec une jolie femme, élégante et raffinée, un être amusant et qui parle le langage du monde où il vit.

Elle les imaginait plaisantant sur leurs relations communes et se racontant des potins sur les gens célèbres dont elle avait lu les noms dans les journaux.

Peut-être irait-il dîner à Carlton House où il retrouverait d'autres beautés, comme la duchesse de Devonshire, lady Jersey et la fascinante Mrs Fitzherbert qui pendant tant d'années avait tenu le prince de Galles sous son charme.

« Je ne fais pas partie de la haute société, je n'appartiens pas au monde du théâtre, et pas davantage à celui de la ville ou de la campagnee. En fait, je ne suis de nulle part! pensa Simonetta avec désespoir. Je ne suis qu'une laissée-pour-compte. »

Elle trouvait étrange, alors que tous les journaux de l'avant-veille avaient consacré leurs colonnes à la mort de Beau Bardsley, que pas un n'ait fait état de son existence.

Tous avaient rappelé l'histoire de la fuite de son père avec la belle Annabel Winslow.

Mais, apparemment, ils avaient oublié – si tant est qu'ils l'aient jamais su – que le bel acteur et sa ravissante épouse avaient un enfant.

Le Dr Lesley lui avait apporté tous les journaux afin qu'elle puisse lire l'ensemble des hommages rendus à son père.

Un long article dans le *Times* et un autre dans le *Post* soulevaient le problème de la situation financière de Drury Lane et de son avenir, maintenant qu'avait disparu l'acteur qui remplissait la salle.

Un journaliste écrivait : « Il est clair qu'il faut

prendre des mesures, mais la direction ne semble pas avoir la moindre idée de ce qui devrait être fait. »

Les journaux avaient également reproduit plusieurs croquis de Beau Bardsley dans ses grands rôles, mais, après avoir tout lu, Simonetta estimait qu'on était loin d'avoir tout dit sur lui.

Personne n'avait mentionné sa générosité et sa bonté envers ses camarades, et aucun des journalistes n'avait compris qu'il ait axé toute sa vie sur son foyer, sa femme et sa fille.

– Je vous ai protégée contre l'indiscrétion des journaux comme votre père l'aurait souhaité, avait dit le Dr Lesley à Simonetta.

Mais à cause justement de l'anonymat dans lequel elle avait été laissée, elle avait l'impression d'être morte elle aussi.

Ce foyer qui, un temps, avait abrité trois êtres heureux, unis par une affection réciproque, n'était plus maintenant qu'un lieu sans âme, une coquille vide.

Elle venait juste de se souvenir qu'il était temps de mettre la bouilloire sur le feu quand elle entendit un coup frappé à la porte.

Pensant que Nanna avait peut-être oublié sa clef, elle se leva et courut ouvrir.

Elle resta le souffle coupé. Devant elle, ce n'était pas Nanna avec sa robe noire et son bonnet... mais le duc.

L'homme qu'elle vit était peut-être plus éblouissant encore que l'image qu'elle avait gardée de lui, en cravate blanche empesée, son col à hautes pointes, le chapeau posé de côté sur sa chevelure brune.

Tandis qu'ils se dévisageaient, Simonetta avait l'impression d'avoir traversé le monde d'un coup d'aile pour retrouver la personne qui l'attendait aux antipodes, et elle en éprouva un curieux sentiment de sécurité et de protection. C'était comme un retour à la maison.

– Simonetta! s'exclama le duc.

Son nom n'avait jamais eu une sonorité aussi douce que prononcé par lui de cette voix profonde. Puis, comme si son trouble une fois passé le duc retrouvait toute sa courtoisie, il enleva son chapeau.

– Puis-je entrer? demanda-t-il. J'ai beaucoup de choses à vous dire.

Elle ouvrit la porte toute grande et il pénétra dans le hall qui semblait un peu étroit pour lui.

Simonetta referma la porte et, sans un mot, le fit entrer dans le petit salon.

Le duc leva les yeux vers le portrait de Beau Bardsley accroché au-dessus de la cheminée.

– Tout est clair. Je comprends maintenant! Vous êtes la fille de Beau Bardsley. Mais j'ignorais qu'il en eût une!

– Papa s'est toujours refusé... à ce que je sois de près ou de loin... mêlée au théâtre, répondit Simonetta, se demandant pourquoi sa voix avait un ton si étrange.

– Comme il avait raison, dit le duc, et cependant il vous a permis de jouer ce rôle...

– Papa était... inconscient et ignorait que j'avais quitté la maison. J'avais besoin de cet argent pour l'emmener à l'étranger. J'espérais... qu'un changement de climat le sauverait.

Sa voix trembla en disant ces mots, et le duc l'interrompit :

– Je vous avais demandé d'avoir confiance en moi.

– Je n'ai pas osé, répondit Simonetta. Papa aurait été si... furieux, mon intention était... de tout lui cacher... jusqu'au moment où il aurait recouvré la santé.

– Je comprends, dit le duc. Pouvons-nous nous asseoir? J'ai tant à vous dire, Simonetta.

– Mais certainement. Je prie Votre Grâce d'excuser ma distraction. Je ne m'attendais pas à la voir.

– Je le sais, répondit-il. Comment avez-vous pu vous conduire de façon si cruelle en vous sauvant de la maison comme vous l'avez fait, avant que personne ne soit éveillé? Quand on m'a appris votre départ, je me suis refusé à le croire!

Simonetta ne répondit pas. Mais en voyant ses joues se colorer et ses paupières battre, il comprit à quoi elle pensait.

– J'étais fermement décidé à vous retrouver, dit-il après quelques instants. Je suis allé au théâtre où l'on m'a appris que Beau Bardsley était malade. J'ai cru qu'il s'agissait d'une indisposition momentanée. J'y suis retourné le lendemain et le jour suivant jusqu'au moment où j'ai appris sa mort par les journaux.

– Comment avez-vous réussi à trouver cette maison? interrogea Simonetta.

Le duc sourit.

– Je n'allais pas m'avouer battu, répondit-il, et je me suis souvenu que vous m'aviez demandé de virer à la Coutts Bank l'argent que je devais à Beau Bardsley. Le reste a été simple : ils m'ont donné son adresse.

– Je n'avais jamais pensé à cela.

– Je le savais, répliqua le duc. Et maintenant que je vous ai retrouvée, je ne vous permettrai plus de disparaître.

Elle se tut et le duc reprit d'une voix tendre :

– Je suis profondément navré au sujet de votre père. Sa disparition laissera un vide terrible. C'était un acteur exceptionnel. Personne ne pouvait jouer comme lui, être aussi irrésistiblement beau. (Comme il levait les yeux vers le portrait de son père, il ajouta :) C'est vrai qu'il y a une légère ressemblance entre vous. Si j'avais été plus intuitif, j'aurais dû la remarquer plus tôt.

Son regard parcourut la pièce.

– Ainsi, c'est ici que s'est déroulée la partie secrète et privée de l'existence de Beau Barsley et sur laquelle il ne permettait à personne d'empiéter. Mais, vous ayant vue, je comprends qu'il vous ait protégée comme il l'a fait. Il était sage d'essayer de vous épargner certains contacts.

Simonetta avait pris place en face de lui et, à voir ses mains serrées l'une contre l'autre, il devina qu'elle était très tendue.

– Je ne voudrais rien faire qui soit susceptible de vous tourmenter ou vous contrarier, dit-il calmement, mais, Simonetta, j'ai à nouveau besoin de votre aide.

– De mon aide? demanda-t-elle.

– Je suppose que nous aurions dû nous attendre à ce que notre petite mise en scène ne se termine pas si joyeusement ni si aisément.

– Quelque chose... a mal tourné?

– Pas exactement, répondit le duc. Mais le McCraig qui avait gagné sans ennui la résidence du comte de Glencairn, près de Leicester, est tombé malade soudainement.

– Oh, non! s'exclama Simonetta. Comme je suis navrée!

– A ce que j'ai compris, ce n'est rien de grave, la rassura le duc. Juste une grande fatigue. Ce qui est bien normal pour un homme de quatre-vingts ans, après un voyage aussi long.

– Oui, bien sûr, murmura Simonetta.

– Il a décidé, toutefois, de mettre sa maison et ses affaires en ordre avant de regagner l'Écosse. Autrement dit, il réglera la question de la somme qu'il a promise à Alister et fera également un nouveau testament. Mais, avant cela, il souhaite vous voir tous deux.

Simonetta se raidit.

– Me voir?

– C'est très compréhensible, dit le duc en souriant. Après tout, il s'agit d'une somme assez considérable, et je pense qu'il désire faire comprendre à Alister de quelle façon il aimerait voir dépenser cet argent.

– Mais pourquoi voudrait-il... que je sois présente? demanda-t-elle.

– Cela est uniquement de votre faute, fit le duc en souriant. Vous l'avez séduit, Simonetta. Il adorait votre compagnie; alors comment pourriez-vous le blâmer d'avoir envie de vous revoir? Je suis logé à la même enseigne!

La jeune fille tourna son regard vers le feu.

– Ce n'est pas possible! dit-elle après quelques instants.

– Pourquoi? questionna le duc.

Elle cherchait une raison qui puisse sembler plausible.

Elle ne pouvait plus invoquer son père auquel il aurait fallu cacher ce déplacement.

Mais derrière le malaise que lui inspirait l'idée de recommencer à tromper le vieil homme, il y avait une excitation irrésistible qui était la perspective – si elle acceptait – de voir le duc, pour un peu de temps au moins.

– Quand je suis venu ici, espérant que peut-être quelqu'un dans la maison de Beau Bardsley aurait une idée de l'endroit où vous pourriez vivre, je voulais vous suggérer que nous allions ensemble à Leicester, dans ma voiture, et Alister dans la sienne.

Simonetta l'écouta sans répondre et il reprit d'un ton persuasif :

– Naturellement, si vous préférez une voiture fermée, je le comprendrai; mais, en ce qui me concerne, j'en ai horreur pour un long voyage.

– Oui, bien sûr, j'aimerais beaucoup... voyager avec vous, dit Simonetta avec une petite voix, mais...

– Qu'est-ce qui vous ennuie? demanda le duc.

– Je ne sais pas, répondit Simonetta. Cela me semble... mal de... continuer... ce jeu de mensonges.

– Quand j'étais petit, dit le duc, ma nurse affirmait toujours qu'un mensonge menait à un autre.

Simonetta sourit sans répondre.

– Je suis certain que votre nurse affirmait la même chose, remarqua le duc.

– Elle le dit souvent, répliqua Simonetta. Mais le McCraig est un vieil homme si bon et si aimable.

– Il peut être dur et rude quand il le veut, dit le duc. Croyez qu'il a fallu une grande dose de persuasion pour l'amener à admettre que, en tant que futur chef de clan, Alister avait droit à quelque considération.

Il se tut, puis reprit d'une voix calme :

– Je suis certain que si vous n'aviez pas été là, il n'aurait jamais été – et de loin – aussi généreux.

Simonetta soupira.

– J'aimerais tant que vous lui disiez la vérité.

– C'est impossible, absolument impossible, fit le duc avec fermeté. Il se considérerait comme dupé et insulté, ce qu'un Écossais ne tolère jamais!

Simonetta resta silencieuse pendant un instant, puis demanda :

– Ne pourriez-vous pas... vous passer de moi?

– Je pense que c'est impossible, répliqua le duc.

Pouvez-vous me dire pourquoi vous répugnez ainsi à faire ce que je vous demande? Vous ne pouvez douter que je ne me conduise comme vous le souhaiterez? (Il vit la couleur monter aux joues de Simonetta et ajouta rapidement :) J'ai promis à votre père que je ne ferais rien qui puisse vous choquer, et je jure que c'est la dernière chose que je voudrais faire maintenant. Me croyez-vous? demanda-t-il d'une voix douce.

– Je vous crois, répondit Simonetta.

– Alors, qu'est-ce qui vous inquiète? demanda le duc. Si vous n'avez pas peur de moi, pourquoi êtes-vous si effrayée?

– Je pense à... moi, dit Simonetta d'une voix très basse. Je croyais ne jamais... vous revoir... je m'étais dit que je... devais oublier... tout ce qui s'était passé... et maintenant vous êtes ici.

– Avez-vous cru sérieusement que je vous laisserais sortir de ma vie? demanda le duc. J'étais déterminé à vous revoir, Simonetta, à vous retrouver où que vous vous fussiez cachée.

– Mais... mais... pourquoi?

– Parce que entre vous et moi il s'est produit quelque chose... qui ne m'est jamais arrivé auparavant, répondit-il. Il ne m'est pas possible, pour le moment, d'expliquer ce que vous représentez pour moi, mais je sais que je ne peux pas vous perdre. (Il soupira, puis ajouta :) C'est comme lorsqu'on trouve un trésor rare. On sait qu'on est en possession de quelque chose de précieux et d'extraordinaire. On est conscient que c'est un trésor, mais cependant il y a tant à apprendre sur lui, avant d'être au courant non seulement de sa valeur réelle, mais aussi de son histoire et de son existence même.

Il se pencha vers elle.

– C'est ce que je ressens face à vous, Simonetta.

Vous êtes unique. Une créature qui serait venue à moi d'un autre monde!

Il avait dans la voix autant de sincérité que de passion. Puis leurs yeux se rencontrèrent et à cet instant les mots furent superflus.

– C'est... ce que j'éprouve... moi aussi, murmura Simonetta.

– Ma chérie! Ma chérie! s'écria le duc.

Comme il tendait les bras vers elle, la porte du salon s'ouvrit et Nanna entra.

5

Pour Simonetta, assise à côté du duc dans la voiture qui venait de quitter Londres, tout semblait irréel. Elle ne parvenait pas à croire qu'elle allait vraiment voyager avec lui jusqu'à Leicester.

Toute l'aventure avait un côté excitant qu'elle n'avait jamais connu auparavant.

Tout d'abord elle voyageait avec le duc, dans son phaéton jaune et noir, avec un laquais à l'arrière portant la livrée de Ravenstone tout comme l'attelage des quatre piqueurs avec leur perruque blanche et leur casquette de velours noir à visière.

Alister les suivait dans son propre phaéton; les quatre chevaux de son attelage n'avaient pas tout à fait la classe de ceux du duc.

Derrière eux venait le carrosse de voyage dans lequel était assise Nanna, le dos très droit et l'air désapprobateur.

Elle avait failli faire échouer le voyage de Simonetta.

Quand, au retour de ses courses, elle était entrée au salon, l'air sévère, le duc s'était levé.

— Je vais vous quitter, maintenant, avait-il dit à Simonetta. Je dois informer Alister que je vous ai retrouvée et il me faut arranger les choses pour demain. Je reviendrai un peu plus tard cet après-midi pour vous prévenir de ce qui a été projeté.

Sitôt le duc parti, Simonetta dut faire face à une tempête de protestations.

Elle avait espéré, avant son départ pour Ravenstone House, que Nanna ignorerait l'existence même du duc.

Elle se trompait. Sitôt la porte refermée sur lui, les premiers mots de Nanna furent pour lui dire que non seulement elle avait entendu parler de lui, mais qu'elle en savait long sur son compte.

– Qu'est-ce que ce mauvais homme fait ici? demanda-t-elle avec colère. Du vivant de votre père, il n'aurait pas osé franchir le seuil de cette maison.

– C'est le duc de Ravenstone, Nanna, répondit Simonetta.

– Je sais très bien qui il est, dit Nanna. Son laquais m'a dit à qui était le phaéton arrêté devant notre porte. Je vous interdis de lui parler à nouveau! Vous m'entendez, miss Simonetta? Vous n'avez pas à avoir quoi que ce soit à faire avec lui!

– C'est impossible, Nanna.

– Et pourquoi serait-ce impossible?

Parlant avec hésitation, car elle choisissait ses mots avec grand soin, Simonetta lui avoua que c'était le duc qui avait payé les cinq cents guinées pour qu'elle joue un rôle : celui de la femme de son neveu. Et c'était son argent qui avait été viré à la banque Coutts au nom de Beau Bardsley.

– Vous allez retourner cette somme immédiatement! dit Nanna. Son argent est malpropre et aucune personne honnête ne voudrait y toucher!

– Il ne serait pas très souhaitable que nous mourrions de faim! répondit Simonetta.

– On ne peut toucher du charbon sans se salir! rétorqua Nanna. Je serais incapable d'avaler une bouchée si je savais que ce que je mange a été payé par un duc qui déshonore son nom et sa famille!

Simonetta ne répondit pas et Nanna poursuivit :

– J'ai entendu assez souvent votre père parler de lui en disant que, dans le milieu théâtral, on l'appelle non pas Sa Grâce, mais « Sa Disgrâce », et c'est exactement ce qu'il est, pas une personne pour vous, pas quelqu'un dont vous devriez même avoir entendu parler!

– Il est trop tard maintenant pour tout cela, dit Simonetta d'un air las. Je le connais, Nanna, et je dois l'aider.

– Jamais!

– Sa Grâce a toujours été très aimable, très correcte et pleine de considération pour moi.

– Et que disait-il quand je suis entrée dans le salon? demanda Nanna. Il vous parlait comme aucun gentleman digne de ce nom n'oserait parler à une lady sans chaperon, à une jeune fille qui ignore tout de la laideur du monde, tel un chaton nouveau-né.

Nanna continua à tempêter jusqu'au moment où elle finit par dire :

– Vous n'irez pas à Leicester avec le duc, et c'est tout! Ce que vous allez faire, c'est vous rendre auprès de vos grands-parents!

– Mes grands-parents? s'exclama Simonetta au comble de la surprise.

– J'y ai réfléchi sérieusement, dit Nanna, et je ne vois pas d'autre solution pour vous que de retourner dans votre famille.

– Vous voulez dire chez les parents de papa ou de maman?

– Je crois que votre grand-père paternel est mort, répliqua Nanna. Mais Sir Harvey Winslow, votre grand-père maternel, vivait encore il y a deux ans. Je le sais, parce que j'ai vu son nom dans un journal.

— Mais il a affirmé que, de sa vie, il ne parlerait plus jamais à maman après sa fuite avec papa. C'est elle qui me l'avait dit.

— Ce sont de ces choses qu'on dit sous le coup de la colère, répondit Nanna. Et, à moins qu'elle ait beaucoup changé avec les années, Mme la comtesse, elle, n'a jamais cessé d'aimer sa fille, et elle vous aimera.

— S'ils ne souhaitaient pas voir leur fille, ils n'auront pas davantage envie de me voir.

— Ils ne savent peut-être même pas que vous existez et, quand ils le sauront, je suis sûre — aussi vrai que je suis là devant vous — qu'ils seront heureux d'accueillir leur petite-fille.

— Il est inutile de parler de cela, Nanna! Je ne veux pas ramper devant eux!

— Je vais essayer de prendre contact avec eux, dit Nanna, et rien de ce que vous pourrez dire ou faire ne m'arrêtera. Je sais que c'est la seule solution. Tout vaut mieux que d'avoir le moindre rapport avec ce démon d'homme.

— Mais qu'a donc fait le duc pour vous avoir choquée à ce point?

— J'ai entendu sur lui des choses terribles... depuis des années. Votre père et votre mère le jugeaient souvent, et de façon sévère, et ils m'avaient parlé de sa conduite envers cette pauvre miss Minnie Graham.

— C'était une des partenaires de papa. Elle jouait souvent avec lui, dit Simonetta un peu bouleversée.

— Une jolie petite créature qu'il a séduite comme tant d'autres avant elle, et dont il a fait le malheur.

— Que lui est-il... arrivé? demanda Simonetta d'une voix étouffée.

— Quand il s'est lassé d'elle, elle a trouvé un autre protecteur, dit Nanna d'un ton méprisant. Elle jouait les premiers rôles à Birmingham quand votre père a parlé d'elle pour la dernière fois.

Elle prononça ces mots avec l'espèce de reniflement qui, chez elle, était une façon d'exprimer son dégoût.

– La mort n'est pas toujours le salaire du péché en ce monde mauvais, lança Nanna d'un ton acerbe.

– Quoi que le duc ait ou n'ait pas fait dans le passé, je dois partir avec lui demain, dit Simonetta. Je ne peux pas lui faire défaut, pas plus que je ne puis risquer de ruiner la vie de Mr McCraig ou bouleverser son grand-oncle.

– Vous n'avez aucune raison de vous laisser embarquer dans de pareilles complications! cria Nanna avec colère. Je n'ai jamais entendu parler d'une machination aussi vilaine, et je ne sais pas ce qu'en dirait votre mère.

– Je dois y aller, Nanna.

– Je parlerai à Sa Grâce quand Elle reviendra, dit Nanna d'un air sinistre.

Et ce fut tout ce que Simonetta put obtenir d'elle.

Mais le duc avait son idée.

Nanna le fit entrer à la salle à manger et ils y restèrent un très long temps, tandis que Simonetta attendait, anxieuse, dans le petit salon, le résultat de l'entrevue.

Que penserait le duc de se faire admonester par une servante?

S'il en était offensé, il pourrait fort bien quitter la maison sans lui dire adieu.

Elle était littéralement déchirée par la situation qu'elle vivait.

Elle ne comprenait que trop bien ce qu'éprouvait Nanna et, dans sa condamnation du duc, Simonetta retrouvait exactement les paroles et le jugement de son père.

Mais comment pouvait-elle faire comprendre à Nanna ou à quiconque que son comportement envers elle avait été totalement différent?

Comment il existait entre eux quelque chose qui semblait contredire toute la réputation que lui faisaient les gens?

Elle se dit alors que peut-être elle se trompait.

Après tout, que savait-elle des hommes – ou de n'importe quel homme – et tout particulièrement d'un homme de l'importance sociale du duc?

Il y avait peut-être une loi pour l'aristocratie et une autre pour les gens du commun? Et son père n'avait-il été plus enclin que d'autres à la critique, de par la façon dont il avait été élevé?

Elle avait tant de peine à trouver où était la vérité, à être objective. Elle était bien obligée d'admettre que la conduite du duc avait dû être blâmable en certaines circonstances, sinon sa réputation ne serait pas parvenue jusqu'aux oreilles de sa mère et d'elle-même.

Mais quoi qu'il ait fait, Simonetta considérait qu'elle était moralement obligée de terminer ce que le duc avait appelé leur « charade » et à laquelle elle avait pris part pour aider Alister McCraig.

Il était actuellement dans une situation délicate, car si son grand-oncle se rendait compte qu'il avait épousé le genre d'actrice qu'il redoutait, tout alors serait bien pire que s'il avait découvert la vérité dès le début.

« Je ne peux pas me dégager! Je dois l'aider! » se répétait Simonetta tout en se demandant combien de temps encore le duc et Nanna resteraient dans la salle à manger.

Soudain la porte du salon s'ouvrit et le duc entra.

Simonetta comprit qu'il n'avait pas refermé la

porte derrière lui et que Nanna attendait dans le hall.

– Tout est arrangé, dit-il. Simplement un petit changement dans nos plans.

– De quel ordre? demanda Simonetta, visiblement nerveuse.

– Comme je ne m'entends pas parfaitement avec le comte de Glencairn, j'ai envoyé un laquais à Leicester afin de demander au McCraig s'il veut bien me faire l'honneur d'être mon invité dans ma propre maison. Ce n'est qu'à quelques kilomètres de l'endroit où il réside, et je pense que nous serions tous plus à l'aise s'il n'y avait pas d'étrangers présents.

– Je comprends votre point de vue, fit Simonetta se souvenant qu'il s'agissait pour elle de tenir de rôle de la femme d'Alister.

– Ainsi, tout est arrangé, répéta le duc, et je passerai vous prendre à 9 heures et demie, si vous pouvez être prête à cette heure-là.

– Je le serai, promit la jeune fille, les yeux brillants de plaisir.

Nanna n'avait pas réussi à l'empêcher de partir avec le duc.

Ils n'avaient eu aucune occasion d'avoir une conversation privée, et ce ne fut qu'une fois seule avec lui dans le phaéton qu'elle demanda :

– Vous n'êtes pas... fâché?

– Fâché? Pourquoi le serais-je?

– Je redoutais que Nanna n'ait été impolie envers vous, hier, et que vous en ayez été irrité.

Le duc sourit.

– Elle n'était pas du tout impolie, mais seulement très ferme, comme sont toujours les nurses. Je n'étais nullement exaspéré; j'avais simplement l'impression de me retrouver face à ma propre nurse et d'être puni pour quelque écart de conduite extrêmement répréhensible.

– C'est ce que je craignais, dit Simonetta tout bas.

– C'était exactement ce que je méritais, dit le duc, et vous n'auriez pas dû participer à ce que votre nurse a qualifié de « micmacs scandaleux ».

Simonetta ne put s'empêcher d'éclater de rire.

– Nanna en était atrocement choquée. Elle ne m'a jamais permis de mentir.

– Et elle a raison.

Elle eut l'impression qu'il lui cachait quelque chose et le regarda, craintive.

C'était comme si une barrière s'était dressée entre eux mais sans qu'elle en comprenne la cause, et, de toute façon, il lui était impossible d'exprimer son souci.

Le duc était charmant, courtois, avec cependant une certaine réserve; mais tandis qu'ils déjeunaient ensemble dans un salon privé du Coaching Inn (1), il la regarda avec une expression qui l'intimida.

Alister les avait précédés afin de rencontrer un ami à Northampton, et Simonetta avait redouté que Nanna n'insiste pour se joindre à eux. Mais, sans soulever la moindre objection, elle avait déjeuné avec le valet dans la salle à manger des voyageurs.

Ils avaient conduit à vive allure, parcourant une longue distance, et Simonetta avait très faim.

Depuis la mort de son père, elle se sentait heureuse pour la première fois. C'était comme si le voile de tristesse qui l'avait enveloppée s'était levé soudain, laissant apparaître le soleil.

Elle n'avait jamais espéré revoir le duc et, maintenant, elle était là en face de lui. Elle entendait sa

(1) L'auberge des Diligences.

voix, et sa présence auprès d'elle lui donnait un sentiment d'émerveillement et de bonheur qui ne cessait de grandir d'heure en heure.

Elle avait retiré son manteau de voyage dont le capuchon doublé de fourrure encadrait son visage, et ses cheveux blonds se détachaient contre les panneaux de chêne sombre qui recouvraient les murs de l'auberge.

Quand ils eurent terminé leur repas et que les serviteurs se furent retirés, elle leva vers lui des yeux plus bleus que jamais et le regarda en disant d'une voix basse :

– Je pensais... que je ne vous reverrais jamais.

– C'était votre décision... non la mienne.

– Je savais... ce que serait la colère de papa, mais c'était ma seule chance de pouvoir l'emmener en Italie.

Elle attendait du duc qu'il s'attarde sur ce sujet, lui rappelant peut-être combien lui avait été intolérable l'idée de la perdre; mais il n'en fut rien et, à sa grande surprise, il se leva de table en disant :

– Si vous avez terminé, je pense que nous pourrions reprendre la route.

Elle crut entendre dans sa voix une note un peu aigre et, avec appréhension, elle trouva étrange la façon dont son regard semblait l'éviter.

– Qu'y a-t-il? demanda-t-elle.

– Pourquoi penser qu'il y a quelque chose? répliqua-t-il.

– Je ne sais pas... mais vous n'êtes plus le même. Serait-ce une chose qu'a dite Nanna? Je vous en prie... de grâce, ne l'écoutez pas. Je n'ai jamais... cru ce qu'elle m'a dit... à votre sujet.

– Vous ne l'avez jamais cru? répéta lentement le duc. Et que vous a-t-on dit me concernant?

Simonetta fit un petit geste de la main qui semblait dire son impuissance.

– Oh, rien de très favorable. Papa, simplement, n'approuvait pas certaines des choses... que vous... faisiez.

Le duc se dirigea vers la cheminée, tournant le dos à Simonetta, et regarda le feu de bois.

– Votre père avait pleinement raison, dit-il, et tout ce que vous avez entendu dire sur moi est l'exacte vérité. Mais venez, nous avons encore une longue route à faire avant que la nuit tombe.

Simonetta ne put que mettre son manteau et suivre le duc jusqu'au phaéton qui les attendait.

Il y avait un attelage de chevaux frais appartenant au duc et qui, apprit-elle, étaient tenus toujours prêts sur la route de Leicester au cas où il pourrait avoir besoin d'eux.

Nanna attendait, elle aussi, pour voir Simonetta s'installer dans la voiture.

– S'il fait froid ou si la pluie vient, lui dit-elle, vous voyagerez avec moi. Je ne tiens pas à ce que vous attrapiez du mal.

– Je suis très bien, Nanna. Je vous remercie et, de toute façon, ajouta Simonetta, le phaéton a une capote et nous pouvons la relever s'il fait froid.

Elle aurait préféré, pour diverses raisons, que Nanna ne l'ait pas accompagnée, mais elle comprenait que, sur ce point, sa nurse avait dû se montrer intransigeante avec le duc; et lui, en fait, avait jugé tout simplement correct qu'une jeune lady voyage avec sa servante.

« Mais je ne suis pas une lady, pensa tristement Simonetta. Je ne suis que la fille d'un acteur jouant elle-même un rôle, et plus misérable que je ne l'ai été car je suis amoureuse. »

Elle était malheureuse à cette heure à cause du

changement d'attitude du duc envers elle, et aussi parce qu'elle sentait de plus en plus nettement qu'une barrière s'était dressée entre eux.

Et pourtant, il suffisait qu'il lui sourie ou lui parle de sa voix chaude pour que son cœur chavire et qu'elle croie entendre les alouettes chanter au-dessus de leurs têtes.

« Je l'aime! » se répétait Simonetta tandis que la voiture roulait.

Son cœur battait et elle était troublée chaque fois que son épaule touchait le bras du duc, chaque fois qu'il tournait la tête vers elle et que leurs yeux se rencontraient.

Il lui semblait alors que ses paroles ou son comportement n'avaient plus aucune importance.

Ce qu'ils éprouvaient l'un pour l'autre était toujours là; et tout en exerçant un contrôle rigide sur ses paroles et ses attitudes, le regard du duc ne parvenait pas à cacher ce qu'il éprouvait.

– Combien de temps resterons-nous dans votre maison de campagne? demanda Simonetta.

Elle s'efforçait de parler naturellement et de ne pas laisser deviner son anxiété.

– Je pense que le McCraig ne tiendra pas à s'attarder, une fois son testament rédigé, répondit le duc. Il est âgé et souhaite passer avec son clan la plus grande partie du temps qui lui reste à vivre.

– Est-il sérieusement malade?

– Je ne le pense pas. Ce n'est qu'une grande fatigue due à un trop long voyage. Mais Alister en a certainement bénéficié.

– Quand Mr McCraig nous rejoindra-t-il? demanda Simonetta.

– Il doit nous retrouver au-delà de Northampton, répliqua le duc.

Ils le virent en effet quelques kilomètres plus loin

qui les attendait dans son phaéton, arrêté à un croisement.

Sans ralentir, le duc fit un signe de la main en passant et Alister les suivit.

– Voyagez-vous toujours avec une telle pompe? demanda Simonetta, regardant les piqueurs et les trouvant très élégants et très impressionnants.

– J'aime être en sécurité et ne pas avoir à craindre les voleurs de grand chemin et, en outre, j'aime mon confort, lui répondit le duc. Si nous venions à avoir quelque ennui de voiture qui nous contraigne à nous arrêter dans une auberge inconfortable, un de mes serviteurs cuisine admirablement, et tous autant qu'ils sont, seraient capables d'assurer le même service que mon valet.

– Je suppose que c'est le train de vie normal d'une personne qui a votre titre, observa Simonetta, pensant avec un vague regret qu'ils n'avaient jamais eu les moyens d'avoir plus d'une servante pour aider Nanna dans la maison.

– Il n'y a aucune vertu particulière dans le confort, fit le duc, mais, tout comme l'argent, il rend la vie plus facile. Grâce à vous, Alister vivra maintenant dans un confort qu'il n'avait jamais espéré connaître.

– Je trouve que c'est bien, de votre part, de vous intéresser à lui à ce point.

– Vous ne devez pas m'attribuer des qualités que je n'ai pas, répliqua le duc. Je porte toute la responsabilité de ce qui a failli arriver à Alister... je veux dire le risque d'être déshérité.

– Comment est-ce possible?

– C'est moi qui l'ai présenté à Kitty Warden!

– Mais vous ne vous attendiez pas à ce qu'il l'épouse?

– Grand Dieu, non!

Il y eut un silence. Puis Simonetta dit d'une voix très basse :

– Avez-vous pensé qu'il pourrait... aimer en faire sa... maîtresse?

Le duc hésita avant de dire d'un ton irrité :

– Voudriez-vous ne pas parler de cette façon – qui ne vous sied pas – et sur des sujets que vous n'avez aucune raison de connaître! (Simonetta le regarda, surprise, et il poursuivit :) Votre nurse a raison. Ce à quoi vous participez en ce moment ne peut avoir sur vous qu'une influence malsaine et j'ai hâte que vous n'y soyez plus mêlée!

Il acheva sa phrase les lèvres pincées et, pour la première fois depuis le départ de Londres, il fouetta les chevaux, comme impatient d'en finir avec ce voyage.

Simonetta se réfugia dans le silence. Il lui semblait qu'il n'y avait rien à dire, qu'elle ne parviendrait jamais à exprimer à quel point elle se sentait seule.

Comme l'après-midi touchait à sa fin, ils arrivèrent à Melton Paddocks, la maison du duc. Elle s'élevait au bout d'une avenue parfaitement droite et Simonetta ayant, de ce fait, tout loisir de la découvrir de loin, ne la trouva pas particulièrement attrayante.

La partie centrale, de trois étages, était flanquée d'une aile de chaque côté. Ces ailes, de deux étages seulement, donnaient l'impression de se rejoindre comme des bras.

Elle pensa qu'elles avaient dû être rajoutées au bâtiment central qui datait du règne de la reine Anne. Elle devait apprendre par la suite qu'elle ne s'était pas trompée.

La maison ne lui parut pas accueillante; mais cette impression se trouva bien vite dissipée quand, le phaéton une fois arrêté, les serviteurs en livrée accoururent pour les saluer, et qu'elle vit le McCraig venir à leur rencontre.

– J'espère, Sir, que vous n'êtes pas ici depuis trop longtemps, dit le duc en tendant la main au vieux gentleman.

– Non. Je suis arrivé il y a environ une demi-heure, répondit le McCraig.

Ils pénétrèrent dans une pièce immense, meublée, pensa Simonetta, de façon très masculine.

Il y avait un long divan recouvert de cuir ainsi que les fauteuils; et les murs étaient décorés de peintures représentant des chevaux et des chiens.

– Je suis heureux de vous voir, ma chère, dit-il à Simonetta.

– J'ai été navrée, Sir, d'apprendre que vous aviez été malade.

– Pas malade, répondit-il sèchement comme si l'idée d'une défaillance physique lui était intolérable. Simplement un peu de fatigue et un petit ennui du côté de mon cœur.

– Votre cœur? demanda-t-elle vivement.

– Une petite douleur momentanée, fit le Mc-Craig d'un ton léger. Mais je désirais vous voir, vous et Alister, avant de regagner le nord.

– Et je suis ravie de vous retrouver, répondit Simonetta avec un sourire.

Il lui tapota l'épaule d'un geste affectueux. Puis le duc présenta son régisseur à Simonetta – un certain Mr Reynolds – responsable de la maison et du domaine.

– J'espère que tout sera comme le désire Votre Grâce, l'entendit dire Simonetta. Nous n'avons pas eu beaucoup de temps pour préparer la maison.

– Je vous ai déjà dit, trancha le duc sèchement, qu'il n'est pas dans mes intentions de prévenir ma propre maison de mon arrivée quand il me prend le désir d'y séjourner.

Une gouvernante attendait pour conduire Simonetta à l'étage. C'était une femme aux cheveux gris, vêtue de noir, et quand elle lui eut montré sa chambre, Simonetta y trouva Nanna.

– Vous n'êtes pas trop fatiguée, Nanna, de ce long voyage?

– Non, c'est de vous que j'étais préoccupée, assise dans une voiture ouverte alors que vous auriez dû être au chaud avec moi.

– Je n'avais pas froid, répondit Simonetta, et j'aime l'air frais.

Mais Nanna n'avait nulle envie de parler.

Elle exigea que Simonetta s'étende avant de dîner et, comme en fait elle était très lasse, plus qu'elle ne voulait l'admettre, elle s'endormit immédiatement.

Elle s'éveilla pour trouver que sa valise avait été déballée, qu'un bain était prêt et qu'une de ses plus jolies robes avait été étendue sur le lit.

– J'espère que quelqu'un vous a aidée, Nanna, dit Simonetta en se rendant compte de tout ce qui avait été fait durant son sommeil.

– Il n'y a eu aucune aide d'aucune sorte. (Nanna renifla d'un air méprisant.) Mais ce n'est pas une maison heureuse que celle-ci, miss Simonetta. Je l'ai déjà senti.

– Comment pouvez-vous en être sûre?

– Un mauvais maître ne peut faire qu'un mauvais serviteur! jeta Nanna d'un ton cassant.

Simonetta se contenta de soupirer. Elle ne se sentait plus en état d'entendre à nouveau discuter le problème du duc et était pleinement consciente que Nanna, en faisant ce voyage, avait fermement décidé de trouver à redire sur tout.

– Je suppose, dit Simonetta, que le personnel n'a

pas apprécié de nous voir arriver sans en être averti suffisamment à l'avance. Vous savez vous-même qu'il est difficile de tout préparer aussi rapidement.

– La gouvernante est trop âgée pour le poste, si vous voulez mon avis! lança-t-elle.

Elle ne cessa de grommeler pendant que Simonetta prenait son bain et s'habillait. Mais en descendant l'escalier, la jeune fille avait oublié la mauvaise humeur de Nanna et rayonnait de joie à l'idée de voir le duc et d'être près de lui.

Elle avait espéré qu'il serait seul au salon et qu'elle pourrait lui parler avant que les autres ne les rejoignent. Mais Alister était déjà installé avec lui et le McCraig ne tarda pas à entrer.

– Je me suis arrangé, dit-il, pour que l'avoué de Glencairn vienne nous voir après le dîner. J'espère, Ravenstone, que cela ne vous dérangera pas par trop?

– Pas le moins du monde, Sir, répondit le duc.

– Je lui ai adressé ce matin une petite ébauche de mes intentions, le priant de formuler tout cela en langage légal. Et je n'aurai plus qu'à signer les documents. Vous me rendriez service en étant mon témoin lors de la signature.

– Je suis à votre disposition, dit le duc.

Le McCraig regarda Simonetta.

– Je pense, ma chère, lui dit-il, que mes arrangements vous feront plaisir!

– J'en suis certaine.

– Je vous laisse, à vous personnellement, les bijoux de ma femme. Ces saphirs sont absolument uniques et vous verrez qu'ils rehausseront votre beauté. Les autres bijoux vous iront à la perfection également.

– M... mais... je vous en prie... je ne peux pas..., commença Simonetta, angoissée.

Elle rencontra le visage sévère du duc et les mots se figèrent sur ses lèvres.

Elle savait que le vieil homme trouverait très étrange qu'elle refuse les bijoux qu'il lui offrait.

Puis elle se souvint aussitôt que le legs des bijoux serait au nom de Katherine McCraig, l'épouse véritable d'Alister.

– C'est si aimable... à vous, Sir, parvint-elle à balbutier.

– Vous êtes bien la personne à qui j'ai le plus de plaisir à les offrir.

Elle retint son souffle.

La simulation et la tromperie lui étaient plus pénibles qu'elle n'avait imaginé, et elle fut soulagée quand vint le moment de se rendre dans la salle à manger où la présence des serviteurs orienta la conversation sur d'autres sujets.

L'avoué, qui pour Simonetta était la caricature même de sa profession, arriva avec une sacoche noire contenant les documents et plusieurs plumes d'oie.

Ils prirent place autour d'une table, dans ce qui était la salle à manger du petit déjeuner, et, d'une voix sèche, l'avoué lut le long document préparé par lui sur les instructions de son client.

Malgré tout un interminable verbiage, les dispositions concernant l'argent étaient claires et sans ambiguïté.

Alister recevait cent mille livres pour son usage immédiat et, à la mort de son grand-oncle, héritait de toute sa fortune.

L'ensemble représentait une somme considérable et il sembla à Simonetta qu'après la lecture du testament Alister McCraig se tenait plus droit et était soudain habité par une fierté et une dignité nouvelles.

Le duc lui avait confié – elle s'en souvenait – que le père d'Alister s'était querellé avec le McCraig; mise au courant, elle avait estimé injuste qu'il ait à souffrir d'un désaccord dans lequel il n'était pour rien.

Cette querelle l'avait non seulement laissé dans la pauvreté, mais avec peut-être aussi un sentiment d'infériorité.

Qui sait si là n'était pas la raison pour laquelle il avait épousé Kitty Warden? Simonetta croyait percevoir dans ce mariage un acte de défi, un désir de s'affirmer.

Elle était certaine qu'Alister McCraig, en dépit d'une certaine insignifiance, était au fond un charmant garçon.

La voix grinçante de l'avoué semblait encore résonner à leurs oreilles longtemps après son départ.

Le duc, ayant insisté pour célébrer ce qu'il considérait comme un événement, avait fait servir du champagne, et tous avaient souhaité un bon voyage au vieux gentleman.

– Il faut absolument que vous veniez me voir tous les deux au printemps, dit le McCraig. Si la chose avait été possible, j'aurais aimé vous emmener avec moi aujourd'hui même.

Alister s'apprêtait à protester, mais le vieil homme reprit :

– Je sais que vous avez d'autres engagements mais, au printemps prochain, je n'accepterai plus d'excuse.

– C'est une visite dont nous nous ferons une fête, dit Alister.

– Et moi aussi, répliqua le McCraig, les yeux fixés sur Simonetta.

Elle lui sourit, espérant qu'elle n'aurait plus à lui mentir jamais; chaque mot destiné à le duper semblait lui rester en travers de la gorge.

La soirée n'était pas très avancée, mais le vieil homme souhaitait se retirer, et bien que Simonetta espérât trouver une excuse pour s'attarder et parler seule à seul avec le duc, tous se levèrent et se dirigèrent vers le hall, semblant attendre qu'elle suive le McCraig à l'étage.

Peut-être était-ce son imagination, mais elle eut l'impression que le duc ne l'avait pas regardée en s'inclinant pour répondre à sa révérence.

En entrant dans sa chambre, elle trouva Nanna qui l'attendait.

– Vous auriez dû vous coucher, Nanna! s'exclama-t-elle. Vous devez être très fatiguée, et vous savez très bien que je suis tout à fait capable de me mettre au lit!

– S'il y a des serviteurs qui ignorent comment se conduire, moi je le sais! répondit Nanna.

– Mais qu'avez-vous pour être ainsi contrariée?

– Je vous ai dit que c'est une mauvaise maison, et j'ai raison, rétorqua Nanna. Les domestiques hommes boivent beaucoup trop en bas, à l'office. C'est répugnant, je vous dis! Voilà ce que je pense. Et les servantes, d'après tout ce que j'ai entendu, ne sont pas ce qu'elles devraient être.

– Que voulez-vous dire par là?

– Ce ne sont pas des choses que je devrais vous répéter, mais il est préférable que vous sachiez dans quel genre de maison vous êtes.

Simonetta comprenait clairement que les accusations de Nanna n'étaient qu'une attaque à peine déguisée contre le duc; mais certaine que Nanna aurait le dernier mot quoi qu'elle puisse lui objecter, elle demanda d'un air un peu las :

– Que s'est-il donc passé?

– Je n'arrive pas à le croire, miss Simonetta, répondit Nanna, mais à l'étage au-dessus, il y a un nouveau-né mis au monde clandestinement.

– Un nouveau-né? répéta la jeune fille. Comment le savez-vous?

– La première femme de chambre me l'a dit. Ce qui ne veut pas dire que je l'approuve de bavarder ainsi. Elle n'aurait certainement pas été engagée dans les maisons où j'ai travaillé.

– Que vous a-t-elle dit? demanda-t-elle.

– Qu'une des filles de cuisine, qui est presque une enfant, a mis au monde un bébé il y a trois jours.

– Ici, dans la maison?

– A l'étage au-dessus de nous, comme je vous l'ai dit.

– Est-ce qu'on sait qui est le père?

Simonetta redoutait presque d'entendre la réponse.

– Un des laquais, apparemment, répliqua Nanna. Un homme marié et père de trois enfants. Ce qui fait qu'elle ne peut espérer aucun secours de sa part.

– Pauvre fille! murmura Simonetta.

– Oui, c'est bien triste! s'exclama Nanna. Et à quoi d'autre peut-on s'attendre avec l'exemple que donnent ceux qui ont de l'expérience?

Point n'était besoin pour Simonetta de demander à qui elle faisait allusion, sachant que Nanna était déterminée à dire tout ce qu'elle avait sur le cœur.

– Quand le duc vient chasser, il se passe ici, dans cette maison, des choses que je n'oserais pas répéter de peur de salir vos oreilles. On me l'a dit, en bas; on m'a raconté le genre de parties qu'on organisait et, croyez-moi, il y a de quoi faire dresser les cheveux sur la tête de n'importe quelle personne convenable!

– Je ne pense pas, Nanna, que cela nous regarde le moins du monde.

– Cela ne devrait pas! rétorqua Nanna. Comme j'ai déjà dit, miss Simonetta, tel maître, tel serviteur, car il se trouve toujours des sots prêts à suivre ceux qui donnent le mauvais exemple.

Simonetta comprit que toute discussion était inutile.

Quand, grommelant toujours, Nanna se fut enfin retirée dans sa chambre, Simonetta ne put s'empêcher de penser avec compassion à la pauvre fille qui dans la chambre là-haut, au-dessus d'elle, avait donné naissance à un enfant qui ne serait pas reconnu.

Peut-être avait-elle été follement amoureuse de l'homme auquel elle s'était abandonnée? Avait-elle pensé que seul comptait ce qu'ils éprouvaient l'un pour l'autre?

Et, parce qu'elle était très jeune, peut-être avait-elle ignoré ce que pourraient être les conséquences de son acte?

Elle se souvenait avoir dit au duc que les cercles faits par une pierre jetée dans un étang vont s'élargissant indéfiniment.

Était-ce vraiment l'exemple donné par le duc qui était responsable du fait que cette fille de cuisine ait mis au monde un enfant illégitime?

Comment aurait-elle deviné, en se lançant dans cette aventure destinée à sauver Alister McCraig des conséquences d'un mariage malheureux, qu'elle deviendrait l'héritière de tous les bijoux ayant appartenu à l'épouse du McCraig?

Une chose mène à une autre et les gens peuvent si facilement être heurtés, ou même détruits, par une action inconsidérée.

Simonetta se souvint qu'elle avait omis de dire sa prière et, comme elle était toujours tourmentée au sujet de l'étrange barrière surgie entre elle et le duc, elle pria avec ferveur.

« Faites qu'il soit heureux, mon Dieu! Faites qu'il

se libère de tout ce qui en lui est mal ou préjudiciable et, de grâce, ne le punissez pas, quels que soient les péchés qu'il ait pu commettre! Ne permettez pas à ceux-ci d'avoir des conséquences qui pourraient être néfastes! »

Elle pria de toute son âme, pensant que rien ne pouvait l'empêcher d'éprouver de l'amour pour lui.

Quoi qu'il arrive dans le futur, elle l'aimerait et continuerait de l'aimer sa vie durant.

Cet amour – elle en avait l'inébranlable conviction – était de ceux qui défient le temps et dont on ne se libère jamais.

Cette certitude, elle l'avait eue déjà, alors même qu'elle croyait ne jamais revoir le duc, et maintenant elle avait vécu un jour de plus auprès de lui.

Il avait dit, lorsqu'il l'avait retrouvée, qu'il ne la laisserait jamais sortir de sa vie, mais elle éprouvait la pénible impression que quelque chose en lui avait changé.

C'était impondérable; elle n'aurait pu le définir par des mots. Elle le savait tout simplement, par instinct, comme elle savait que tout son être était tendu vers lui.

Elle aspirait à se retrouver toute proche de lui, comme elle l'avait été lors de cet instant merveilleux, à Ravenstone, quand il la serrait dans ses bras.

Ils n'avaient fait qu'un durant ce moment et elle pensait avec une profonde tristesse que, plus jamais peut-être, elle ne connaîtrait à nouveau ce sentiment d'émerveillement qu'il lui avait fait vivre.

« Je l'aime », murmura-t-elle, le visage enfoui dans l'oreiller.

Puis, irrésistiblement, elle en vint à s'avouer ce qu'elle voulait; et bien qu'elle sût que c'était une prière qu'elle n'aurait dû formuler que dans son cœur, elle dit à voix haute :

– Faites, mon Dieu, qu'il m'aime au point de vouloir m'épouser!

La journée avait été fatigante et Simonetta s'était tout de suite endormie.

Elle s'éveilla soudainement avec la sensation de sentir sous elle le mouvement des roues, le balancement doux du phaéton, et l'impression d'entendre le tintement des harnais.

Elle ouvrit les yeux et se rappela où elle était.

Dans la cheminée, les bûches ne flambaient plus, mais les braises rougeoyaient encore, ce qui lui permettait de voir les contours du lit se découper contre la lumière.

Tout semblait absolument paisible, mais elle avait l'impression que quelque chose l'avait dérangée.

« C'est mon imagination », se dit-elle, et cependant elle se surprit à écouter. Que s'attendait-elle à entendre? Elle n'en avait pas la moindre idée. Toutefois, elle gardait l'oreille tendue.

Seul était perceptible le bruit des battements de son cœur.

« Il faut que je me rendorme », pensa-t-elle.

Quand bien même le McCraig repartait pour l'Écosse le lendemain, le duc avait promis, au cours du dîner, de les emmener, elle et Alister, voir ses chevaux. Cela signifiait qu'ils ne rentreraient à Londres que le jour suivant.

Cette idée la remplissait de joie. Elle pourrait lui parler. Il y avait tant de choses qu'elle voulait connaître et qu'elle désirait apprendre de lui.

Elle était bonne cavalière. Sa mère, qui elle-même montait remarquablement bien, avait insisté pour lui donner cette formation.

Quand la chose était possible financièrement, elles

louaient deux excellents chevaux et se promenaient dans Hyde Park et parfois s'aventuraient hors de la ville et galopaient en pleine campagne.

Simonetta se disait qu'elle aimerait que le duc la voie à cheval, car elle était certaine qu'il admirerait en elle une bonne cavalière.

Mais même dans ses rêves les plus extravagants, elle n'était jamais allée jusqu'à imaginer qu'elle puisse un jour monter une bête approchant même de très loin les chevaux que possédait le duc.

– Avez-vous des chevaux de course? lui avait-elle demandé pendant le dîner.

– J'en ai quelques-uns à l'entraînement, avait-il répondu, mais j'adore surtout le steeple-chase. J'aime pouvoir monter mes propres chevaux. Faire les choses moi-même au lieu de regarder les autres les faire à ma place.

Alister avait beaucoup ri.

– Est-ce pourquoi je ne vous vois jamais à un combat de boxe, oncle Yvell? Je crois qu'en fait vous êtes plutôt bon boxeur.

– Je vais parfois boxer dans les salles de Gentleman Jackson (1), répondit le duc.

– Et vous faites de l'escrime également, poursuivit Alister. Si vous n'y prenez garde, ils vous qualifieront de Corinthien (2).

– Ils me réservent d'autres titres plus appropriés, répondit le duc cyniquement.

Puis, comme s'il pensait soudain que révéler devant le McCraig trop de choses sur la réputation du duc serait une erreur, Alister avait changé de sujet.

(1) Célèbre boxeur de l'époque qui avait monté une école de boxe où venaient volontiers s'entraîner les personnalités de la haute société.

(2) Gentleman amateur d'un sport.

Mais l'amertume dans la voix du duc n'avait pas échappé à Simonetta; et comme elle l'aimait, elle aurait voulu dire quelque chose susceptible de le faire sourire et de lui faire oublier les pensées qui le tourmentaient.

« Comment, se demandait-elle maintenant, peut-il être tout ce qu'ils disent qu'il est? Je ne le crois pas. Je ne crois pas un mot de ce qu'on dit. »

Elle mourait d'envie de crier au monde entier sa foi en lui. Elle voulait le défendre contre ses ennemis. Elle voulait le tenir dans ses bras et le protéger comme un enfant qu'on maltraiterait.

« Je suppose que c'est cela, l'amour, pensa-t-elle. L'amour qui me fait souhaiter non seulement l'extase de sa passion, mais aussi le désir de le protéger, de prendre soin de lui et de le sauver de tout ce qui pourrait lui faire du mal. »

Elle était étendue dans le noir, espérant que ses prières et ses pensées l'atteignaient. Soudain, elle prit conscience de quelque chose d'étrange.

Ce n'était pas le bruit qui lui avait fait d'abord tendre l'oreille, c'était quelque chose qu'elle sentait, une odeur.

Elle attendit encore quelques instants pour s'assurer qu'elle ne se trompait pas : c'était bien de la fumée.

Elle bondit hors du lit et attrapa la robe de chambre chaude que Nanna avait étendue sur une chaise au pied du lit.

Elle était en velours turquoise doublée d'un satin épais. Elle l'enfila et glissa les pieds dans de petites bottes de lamé argent doublées de fourrure qu'elle portait toujours quand il faisait froid.

Tout en boutonnant sa robe de chambre, elle tira la sonnette violemment deux ou trois fois.

« Il doit être tard, pensa-t-elle, mais la sonnette

tintera sûrement à l'étage et l'une des femmes de chambre l'entendra. »

Elle devait à tout prix réveiller quelqu'un car l'odeur de fumée allait en augmentant.

Comme elle se tournait vers la porte, Simonetta entendit une cloche commencer à tinter et le cri, lointain d'abord, mais se rapprochant : « Au feu! Au feu! »

6

Elle s'apprêtait à sortir quand la porte s'ouvrit brusquement. Le duc était sur le seuil.

Voyant Simonetta, il dit d'une voix calme :

– La maison est en feu. Descendez dans le jardin.

Sans attendre sa réponse, il se précipita dans le couloir en courant; elle comprit qu'il allait avertir le McCraig.

Elle remarqua qu'il était toujours en tenue de soirée; il était donc moins tard qu'elle ne pensait, puisqu'il n'était pas encore couché.

S'avançant sur le palier et regardant par-dessus la rampe, elle vit que dans le hall régnait une terrible agitation et que les hommes enlevaient du salon mobilier et tableaux.

Toujours en habit de soirée, lui aussi, Alister dirigeait l'opération de sauvetage.

Simonetta s'apprêtait à descendre l'escalier quand elle entendit des voix de femmes hurlant de panique, tandis que de nombreux domestiques dévalaient en trombe de l'étage supérieur.

Les femmes, visiblement arrachées au sommeil par l'alerte, avaient jeté châles ou couvertures sur leurs chemises de nuit et les serviteurs encore en livrée les poussaient pour les faire avancer plus vite.

– Allez, venez! Il faut sortir d'ici! criait un des hommes avec brutalité.

Simonetta se souvint de ce qu'avait dit Nanna et pensa que c'était l'alcool qui faisait de lui une vraie brute.

Elle se plaqua contre le mur pour les laisser passer. Elle vit alors qu'un laquais portait dans ses bras une femme qui se débattait et qui criait d'une voix épuisée :

– Mon... bébé! Mon... bébé!

Personne ne semblait l'entendre ou faire attention à elle; mais ses cris, qui continuaient tout au long de l'escalier, parvenaient jusqu'à Simonetta, dominant le tumulte général.

« Ils ont abandonné le bébé », pensa-t-elle.

Bien que la fumée commençât de lui piquer les yeux, elle n'était toutefois pas encore très épaisse. Levant la tête et regardant vers le haut de l'escalier, elle vit que le feu ne l'avait pas encore gagné – même s'il en était proche.

Impulsivement, et sans penser un instant au danger qu'elle courait, elle monta l'escalier à la hâte afin de voir si elle pouvait découvrir le bébé.

Avant d'atteindre le palier du haut, elle entendit ses pleurs et, comme une lampe à pétrole se trouvait à la porte de la chambre, il lui fut aisé de le trouver.

Elle le trouva sur le lit et comprit que, dans leur précipitation à sauver la mère, les serviteurs avaient oublié que le bébé était étendu auprès d'elle.

C'était une créature minuscule qui donna à Simonetta l'impression de faire un bruit sans rapport avec sa taille. Il était enveloppé dans un châle; arrachant une des couvertures du lit, Simonetta le roula dedans. Son petit paquet dans les bras, elle commença à descendre l'escalier.

Elle n'avançait pas rapidement car elle était gênée

par sa longue robe de chambre, que le fardeau, dans ses bras, ne lui permettait pas de soulever.

Quand enfin elle atteignit le palier inférieur, la fumée s'était considérablement épaissie et quand elle essaya de traverser l'épais rideau, elle vit que l'escalier menant au hall était déjà la proie des flammes.

Pour la première fois, Simonetta comprit dans quel danger elle était.

Elle courait maintenant le long du corridor, ayant le sentiment qu'il devait exister un autre escalier menant au rez-de-chaussée.

La fumée devenait de plus en plus dense, mais, en tâtonnant, elle parvint à avancer et sentit soudain l'air frais sur son visage.

Peu de temps après, elle distinguait devant elle une grande fenêtre restée ouverte.

« J'ai dû dépasser l'escalier », se dit-elle.

Regardant par la fenêtre, elle vit que celle-ci débouchait sur un toit plat; elle comprit alors que la fenêtre ouvrait sur l'une des ailes latérales qu'elle avait remarquées lors de son arrivée avec le duc.

La seule chose à faire était de passer par la fenêtre, ce qu'elle fit avec précaution à cause du bébé.

Ses cris avaient cessé et il se contentait de geindre comme s'il avait faim.

Marcher sur le toit ne présentait aucune difficulté pour Simonetta et elle avança vers le parapet en se rendant compte que la lumière qui avait facilité sa marche n'était autre que la lueur des flammes qui ravageaient les pièces du rez-de-chaussée dans la partie centrale de la maison.

Le feu crépitait de façon terrible, tandis qu'elle atteignit le parapet qui n'avait guère plus d'un pied de hauteur.

Elle regarda en dessous vers le jardin et vit le personnel rassemblé sur la pelouse.

Ils la virent, eux aussi, et s'il ne lui était pas possible d'entendre ce qu'ils disaient, leurs cris lui parvinrent et elle distingua des mains qui pointaient dans sa direction.

Les flammes dégageaient une chaleur presque intolérable; elle avança le long du bâtiment.

« Maintenant qu'ils m'ont vue, se dit-elle, il devrait leur être facile de trouver une grande échelle qui me permettrait de descendre dans le jardin. »

Se retournant, elle poussa un cri d'effroi, comprenant que toute la maison était maintenant la proie des flammes.

Elle pouvait voir jaillir des fenêtres du bas de grandes langues pourpres, et la fumée s'élever au-dessus du toit en un épais nuage noir.

« C'est une chance, pensa-t-elle, que j'aie pu sauver le bébé. Il n'aurait jamais survécu. »

Elle regarda vers le bas et, à travers la fumée, elle vit trois hommes qui couraient, se dirigeant dans sa direction et portant ce qu'elle crut être une échelle.

En même temps, à son grand effroi, elle se rendit compte que non seulement tout le corps principal de la maison était la proie des flammes, mais que celles-ci commençaient à gagner l'aile où elle se trouvait.

« Cette aile a dû, elle aussi, prendre feu », pensa-t-elle. Elle sentit la peur s'insinuer en elle et l'envahir, comme les langues de ce feu qui consumait la maison.

A nouveau, elle regarda par-dessus le parapet. La fumée ne permettait pas de voir grand-chose, mais, cependant, il lui sembla qu'aucun sauveteur n'était en vue.

Elle regarda à nouveau vers les flammes, et son cœur tressaillit de joie en voyant une silhouette venir vers elle par la fenêtre ouverte; elle savait qui c'était.

Le duc accourut et elle vit que sa cravate blanche était un peu roussie et son visage maculé de traces de fumée.

– Pourquoi n'avez-vous pas fait ce que je vous avais dit..., commença-t-il, et soudain il vit le bébé dans ses bras.

– Ils avaient... oublié le bébé, répondit-elle d'une voix d'automate.

Mais son cœur rayonnait de joie. Il était venu la chercher et elle n'avait plus peur.

Il la regarda, plongeant ses yeux dans les siens, puis il l'entoura de ses bras, la serrant contre lui tout en prenant garde de ne pas faire mal au bébé.

– Comment avez-vous pu faire quelque chose d'aussi stupidement brave? demanda-t-il. J'ai bien entendu une femme qui criait, hurlant qu'elle avait perdu son bébé, mais je ne m'étais pas rendu compte que l'incident se passait dans la maison.

– Il est... en sécurité, dit-elle, vaguement incohérente.

Elle avait peine à parler, car dans les bras du duc, serrée comme elle l'était tout contre lui, plus rien n'avait d'importance; seul comptait le fait qu'ils étaient à nouveau ensemble et que plus aucune barrière ne se dressait entre eux.

Elle sentit les lèvres du duc se poser sur son front; puis il se dirigea sur le côté de la balustrade en criant :

– Vite, l'échelle!

Tandis qu'il parlait, Simonetta voyait les flammes grandir, monter, à quelques mètres d'eux seulement.

Le duc avait certainement pris conscience du danger lui aussi, car il se retourna et commença à enlever son habit.

— Cela ne va pas être facile, dit-il, à cause du bébé, mais je veux que vous fassiez exactement ce que je vous dirai de faire, et sans avoir peur.

— Vous êtes avec... moi, murmura-t-elle, c'est tout ce qui... compte.

Il avait ôté son habit et faisait glisser les bras de Simonetta dans les manches qui, bien sûr, lui recouvraient les mains; puis il remonta le haut du vêtement, lui recouvrant complètement les épaules et la tête.

Ayant protégé le visage du bébé avec la couverture, il dit à Simonetta :

— Gardez la tête baissée et ne regardez en l'air sous aucun prétexte. Faites-moi confiance et laissez-vous guider.

Tout en parlant, il la prit dans ses bras et posa le pied sur l'échelle.

Il la tenait serrée contre lui afin de lui protéger le dos; il lui avait passé un bras autour de la taille et de l'autre il s'agrippait à l'échelle. Simonetta avait le visage baissé et ne pouvait absolument rien voir.

Ils descendaient lentement, très lentement, et Simonetta entendait maintenant le rugissement des flammes et le bruit de la maçonnerie qui s'écroulait. Elle savait que si le duc ne l'avait pas tenue dans ses bras, elle aurait eu une peur insurmontable.

Marche après marche, pas après pas, ils se rapprochaient du sol quand soudain le duc lâcha son fardeau; d'autres mains se saisirent d'elle et quelqu'un lui enleva le bébé des bras.

Elle essayait de rejeter l'habit qui lui couvrait le visage mais elle se trouva emportée loin du grondement du feu et quand, enfin, elle parvint à voir ce qui se passait, elle fut aveuglée par la lumière de l'incendie.

Les flammes, qu'il n'était plus maintenant question de contrôler, s'élevaient de plus en plus haut, et elle vit s'écrouler l'échelle qu'ils avaient utilisée, en même temps que tombait le toit de la maison.

A travers la fumée, elle vit le visage d'Alister et comprit que c'était lui qui l'emportait.

– Le... duc..., murmura-t-elle. Où est... le duc?

– Ne vous inquiétez pas... tout ira bien, répondit Alister. Où je vous emmène, vous serez en sécurité.

– Le duc... a dû... être brûlé! répéta Simonetta avec insistance.

– On est en train de monter un brancard pour le transporter. Il va nous rejoindre.

Simonetta dut se contenter de cette information, mais tout en avançant à travers le jardin, portée par Alister, sa pensée était hantée par la vision des flammes qui se ruaient à l'assaut de l'échelle.

Elle ne pouvait pas ignorer qu'en lui donnant son vêtement pour descendre il l'avait protégée, en fait, avec son propre corps.

Alister la déposa sur le sol d'une petite pièce meublée avec goût.

– Voici votre première pensionnaire, Mrs Saunders, dit Alister à une personne d'âge moyen, vêtue d'une coquette robe de chambre en flanelle rouge.

– Je prendrai soin d'elle, Mr McCraig, répliqua la femme.

– Ils vont également amener Sa Grâce ici, Mrs Saunders. Il semble qu'il ait été sérieusement brûlé, et nous aurons besoin, pour lui, de votre meilleure chambre.

– Elle est prête, Sir, répondit Mrs Saunders. Dès que nous avons appris l'incendie, mon mari a tout de suite pensé que vous voudriez faire usage de la maison.

– Il va falloir installer bien des gens, dit Alister, mais, si vous vous occupez avec vigilance de Sa Grâce et de cette demoiselle, je ne vous demanderai rien d'autre.

– Vous savez, Sir, que je ferai de mon mieux, répondit Mrs Saunders.

Alister se tourna vers Simonetta :

– Comment vous sentez-vous? demanda-t-il.

– Très bien, répliqua-t-elle, mais... je vous en prie... essayez de savoir ce qui est arrivé au duc!

Au même moment, elle entendit des bruits de pas, et quelques instants plus tard, quatre hommes avançaient, portant une grille étroite sur laquelle on avait placé le duc.

Simonetta le regarda et poussa un cri d'horreur.

On l'avait étendu le visage contre la civière; son dos était complètement nu. Quelques lambeaux de sa fine chemise de batiste pendaient autour de ses poignets et de son cou. Son dos était à vif.

– Transportez Sa Grâce à l'étage! ordonna Alister.

Avec d'énormes difficultés, les hommes réussissaient à se glisser dans l'escalier étroit et atteignaient le palier où les attendait Mrs Saunders pour leur ouvrir la porte de la chambre.

– Il faut faire venir un docteur, dit Simonetta.

– Je sais, répondit Alister. Mais il habite à une dizaine de kilomètres et, en outre, on m'a affirmé qu'il refuserait de se déplacer la nuit.

Pour la première fois, la panique s'empara de Simonetta.

La gravité des brûlures du duc sautait aux yeux; elle ne pouvait se cacher la vérité. Soudain son angoisse s'apaisa en voyant arriver Nanna.

Elle l'accueillit, les mains tendues.

– Oh, Nanna! Sa Grâce a d'atroces brûlures. Que pouvons-nous faire pour Elle?

C'était une enfant qui appelait à l'aide, et Nanna en fut émue.

– Nous nous occuperons de lui, miss Simonetta. Ne vous faites pas de souci, nous allons le soigner.

Elle monta l'escalier et Simonetta la suivit.

Arrivée en haut, Simonetta entendit Alister :

– Je reviendrai dès que possible.

Il disparut et, quelques minutes plus tard, les hommes qui avaient transporté le duc la croisaient sur le petit palier et quittaient la maison.

On l'avait étendu au milieu d'un lit immense, si grand qu'il semblait occuper toute la chambre.

Mrs Saunders considérait son dos avec inquiétude.

A la lueur des bougies qu'elle avait allumées, son aspect était encore plus effrayant qu'il n'avait semblé dans le faible éclairage du hall.

– Sa Grâce ne survivra pas, dit-elle, après avoir longuement regardé l'état des brûlures. On ne peut rien face à des plaies aussi profondes.

– Il faut pourtant faire quelque chose! répliqua sauvagement Simonetta. (Puis soudain, elle s'écria :) Nanna, vous vous souvenez de quoi Maman s'était servie pour soigner votre pied quand vous l'aviez ébouillanté?

– Du miel, répondit Nanna. Mais c'était une petite brûlure. Rien à avoir avec celles-ci!

– Maman disait toujours que le miel était bon pour les brûlures, et toutes les plaies! insista Simonetta. Il calme la douleur.

– C'est exact, reconnut Nanna. Si Sa Grâce reprend conscience, la souffrance sera intolérable.

– Si...? fit Simonetta dans un murmure. (Puis se tournant vers Mrs Saunders, elle demanda :) Avez-vous du miel dans la maison?

– Ce n'est pas ce qui manque, miss. Nous avons nos propres ruches et le garde-manger est plein de la récolte de cet été.

– Alors, apportez-le, je vous prie.

– Et apportez aussi quelques vieux draps, ajouta Nanna. Je suis sûre que Sa Grâce réglera tout ce qui aura été détruit.

– Je n'ai aucune inquiétude à ce sujet. Tout ce que j'ai est à votre disposition, répondit généreusement Mrs Saunders.

Les deux femmes sortirent de la chambre et Simonetta demeura seule près du duc.

Il semblait impossible qu'un homme ait pu survivre à des brûlures aussi effroyables; elle mesurait ce qu'il avait dû souffrir pour la sauver en la protégeant de son propre corps.

– Comment a-t-il pu faire cela pour... moi, se demanda-t-elle en sentant ses yeux s'emplir de larmes.

Elle les sécha bien vite et, durant toute l'heure qui suivit, elle aida Nanna à recouvrir tout le dos du duc d'une épaisse couche de miel.

Elles le faisaient glisser à même la peau meurtrie, puis le bandaient avec les draps que Mrs Saunders déchirait.

Il fallait également lui bander les bras et les mollets car ses bas de soie s'étaient entièrement consumés et la chair était à vif.

Comme elles devaient le découvrir, en le retournant sur le dos, seuls son visage et ses mains avaient été épargnés, et sa culotte d'épais satin l'avait protégé de la taille jusqu'aux genoux.

– Il m'avait donné... son habit, dit Simonetta

d'une voix émue quand elles eurent presque achevé leurs soins.

– Je le sais, chérie, j'ai vu ce qu'il a fait, répondit Nanna. C'est un homme bien, quoi qu'on puisse dire sur lui.

Le duc, une fois recouvert de bandages, presque semblable à une momie, Nanna renvoya Simonetta dans sa chambre, tandis qu'aidée de Mrs Saunders elle coupait la culotte du duc, la lui retirait et le glissait entre les draps.

Ce fut alors que Simonetta éprouva le contrecoup de l'épreuve qu'elle avait traversée. Quand Nanna revint auprès d'elle, elle la trouva assise par terre sur le palier, profondément endormie.

Quand on la mit au lit dans une petite chambre à l'arrière de la maison, elle se laissa faire comme un bébé sans même ouvrir les yeux.

Elle dormait encore au matin quand Nanna vint la réveiller, avec son air habituel, comme si rien ne s'était passé, et vêtue de sa meilleure robe miraculeusement sauvée de l'incendie.

Les yeux à peine ouverts, elle s'assit sur son lit pour demander :

– Comment est Sa Grâce?

– Elle n'a pas repris conscience, répondit Nanna. Et comme Mr Alister nous dit qu'il attend le docteur dans la matinée, j'ai pensé que vous souhaiteriez peut-être vous lever pour l'informer que nous n'avons plus besoin d'aucune aide pour soigner Sa Grâce.

Simonetta aurait souri, eût-elle été moins inquiète.

Elle savait ce que Nanna pensait des médecins, le Dr Lesley excepté, et elle savait aussi quelle confiance elle avait dans les remèdes que sa mère avait préparés durant des années.

Elle se rendait compte également que si Nanna

prenait le duc sous sa protection, elle serait beaucoup plus libre pour rester à son chevet et veiller sur lui, comme elle avait l'intention de le faire.

Toutefois, une question, la grande question, était de savoir ce qui allait advenir du duc.

– Il vivra, Nanna? demanda-t-elle. Nous serons capables... de le sauver?

– Nous le sauverons, avec l'aide de Dieu, lui répondit Nanna.

Les jours qui suivirent semblaient passer presque comme dans un rêve.

Simonetta vivait dans un tel état d'anxiété qu'elle en oubliait de boire et de manger.

Puis, quand enfin le duc reprit connaissance, Nanna lui fit absorber une potion aux herbes qu'elle avait préparée, et il se rendormit.

– Il aura toujours assez de temps pour se rendre compte de ce qui s'est passé. Et le plus tard sera le mieux, dit-elle à Simonetta quand celle-ci la questionna. Je fais ce que votre mère aurait fait. L'expérience prouvera que j'ai eu raison.

Simonetta n'en doutait pas; mais, tout en ayant une entière confiance dans les soins de Nanna, elle ne pouvait calmer son angoisse pour l'homme qu'elle aimait, l'homme qui lui avait sauvé la vie.

Dix jours après l'incendie, Alister demanda à s'entretenir avec elle. Elle quitta le chevet du duc et rejoignit Alister dans la petite pièce où il l'attendait.

Il était venu chaque jour, ayant accepté les responsabilités de la situation, pour s'enquérir de la santé du duc, et elle apprit qu'il avait été très occupé, assumant la charge de tout en l'absence de son oncle.

Simonetta fut surprise de découvrir à quel point il

était efficace. Il lui semblait, en fait, quelqu'un de complètement différent.

Elle avait appris par Nanna, après la première nuit, que chacun avait été logé dans les petites maisons de la ferme, et qu'un nombre important de tableaux de valeur et de meubles avaient été sauvés.

Ses propres robes, qui se trouvaient rangées dans une armoire solide, n'avaient pour ainsi dire pas souffert et demeuraient très portables.

Toutefois dans la partie principale de la maison, la plupart des pièces avaient subi de gros dommages, et de l'aile dont elle s'était échappée, il ne restait guère que la carcasse.

Le feu avait commencé, apprit Simonetta, dans l'office où un domestique, plus ivre que de coutume, avait renversé une lampe à pétrole.

Aucun de ses compagnons n'était à ce moment-là assez sobre pour arrêter le feu avant qu'il ne prenne des proportions dangereuses.

– Mr McCraig a congédié Mr Reynolds... et ce n'était pas trop tôt, lui dit Nanna.

– Congédié Mr Reynolds? répéta Simonetta.

– C'était de sa faute. Il n'avait plus aucune autorité sur le personnel, ayant toléré trop d'indiscipline.

Trois jours après l'incendie, Simonetta avait appris que le capitaine Graham était arrivé de Londres pour veiller sur la bonne marche de la maison.

Harris, le valet du duc, qui était logé dans une petite maison voisine, était toujours là au cas où l'on aurait besoin de lui, et le capitaine Graham qui ne put apporter aucun changement en ce qui concernait leur installation, manifesta en revanche sa présence dans l'amélioration du menu.

On vit apparaître des petits plats raffinés, bien au delà des capacités culinaires de Mrs Saunders.

En fait, le piqueur, dont le duc avait dit qu'il était

excellent cuisinier, régnait à présent sur la petite cuisine.

Le chef, comme la plupart des autres serviteurs employés à Melton Paddocks, avait été renvoyé.

– Un bon coup de balai, voilà ce qu'il fallait, dit Nanna avec un air de réelle satisfaction.

Simonetta retrouva Alister dans le petit salon. A l'expression de son visage, elle comprit qu'il avait quelque chose de grave à lui communiquer.

– Qu'y a-t-il? demanda-t-elle d'un air inquiet.

– Je sais que vous en serez peinée, Simonetta, répliqua-t-il, mais mon grand-oncle est mort la nuit dernière.

– Oh, non! s'exclama-t-elle consternée.

– Comme vous savez, il avait eu une petite crise cardiaque après qu'on l'eut sauvé de l'incendie, expliqua Alister. Il donnait l'impression de se remettre, et projetait de regagner son clan dans un jour ou deux. Mais il a dû avoir une autre attaque dans la nuit car, en venant ce matin le réveiller, son valet l'a trouvé mort.

– Je suis tellement... peinée.

– Je le suis aussi, dit Alister tout à fait sincère. (Il hésita un instant avant de poursuivre :) Vous comprendrez que je doive ramener son corps dans sa demeure. La pensée d'être enterré ailleurs que parmi ceux de son clan lui aurait été intolérable.

– Certainement, murmura Simonetta.

– Le capitaine Graham s'occupera de tous les problèmes de la maison, poursuivit Alister, mais j'ai une chose à vous demander.

– Ah oui! Et qu'est-ce?

Alister sembla chercher ses mots, puis dit brusquement :

– Quand tout sera fini... voulez-vous m'épouser, Simonetta?

Elle le regarda au comble de l'ahurissement, pensant avoir mal compris.

– Vous épouser? Mais je croyais...

– Moi aussi, répondit-il. Je savais que Kitty avait déjà été mariée, mais elle m'avait dit que son mari était mort en prison. C'était inexact.

Simonetta trouvait difficile de dire quoi que ce soit, et il continua :

– ... Quand il a lu dans les journaux ce qui s'était passé et appris que j'étais l'héritier du McCraig, l'homme est venu me voir en me demandant vingt mille guinées pour disparaître et renoncer à tous ses droits sur sa femme.

– Et que lui avez-vous... répondu? réussit à demander Simonetta.

– Je lui ai dit que je déposerais vingt mille guinées sur le compte de Kitty qui sera libre, si elle le désire, de reprendre la vie avec lui.

– Ainsi vous êtes... libre?

– Je suis libre, affirma-t-il. Et je sais que mon grand-oncle avait raison quand il disait qu'on ne pouvait rêver femme plus parfaite que vous comme épouse du chef du clan des McCraig. (Il fit une pause, puis ajouta un peu embarrassé :) ... Et puis, je suis tombé amoureux de vous.

– Je me sens très honorée par ces paroles si flatteuses et aimables que votre grand-oncle a prononcées à mon sujet, répondit Simonetta avec douceur, et touchée que vous pensiez de même. Mais je sais que vous me comprendrez si je dis que je ne pourrai jamais épouser un homme que je... n'aime pas.

– Et si j'attends... pour permettre que nous nous connaissions mieux, ai-je une chance?

– Je crains... que non!

– Vous aimez quelqu'un d'autre? (Il y eut un

silence puis, d'une voix très basse, Alister demanda :) C'est... oncle Yvell, n'est-ce pas?

– Oui.

– Ma chère, il vous fera souffrir. Il vous brisera le cœur. Et l'idée que vous pourriez être malheureuse m'est intolérable, dit Alister, plaidant sa cause.

– Je n'y peux... plus rien, murmura Simonetta.

Alister s'approcha d'elle pour lui prendre la main et la porter à ses lèvres.

– Vous m'avez tant appris, dit-il. Et si je deviens quelqu'un de bien plus tard, si je me montre, de l'une ou l'autre manière, digne de marcher sur les traces de mon grand-oncle, c'est à vous seule qu'en reviendra le mérite.

– Merci, dit Simonetta.

Il lui baisa la main et se retira.

Alister parti, elle alla retrouver le duc et reprit sa place à son chevet.

Il dormait, mais paraissait nettement mieux.

L'impressionnante pâleur de son visage avait disparu et il était très beau. L'immensité de l'amour qu'elle éprouvait pour lui la submergea.

Elle se dit qu'il devait bien l'aimer un peu. A moins d'être poussé par l'amour, quel homme aurait accepté de tels risques et de telles souffrances pour la sauver?

Et, cependant, elle ne pouvait chasser le doute de son esprit.

C'était assez paradoxal de penser qu'Alister était celui qui venait de lui demander de l'épouser alors que, dans le fond de son cœur et tout en sachant la chose impossible, c'était du duc qu'elle souhaitait entendre ces mots.

Elle ne s'était pas rendu compte que Nanna venait

d'entrer dans la chambre et sursauta en l'entendant lui dire à voix basse :

– N'ayez pas l'air si angoissée, chérie. Ce matin, quand nous faisions le lit, j'ai regardé les bras de Sa Grâce. Une nouvelle peau se reforme lentement. Elle est aussi souple et lisse que celle d'un bébé.

– Oh! est-ce vrai, Nanna?

– Vous mentirais-je? Le miel a fait son œuvre... ce que votre mère a toujours affirmé.

– C'est à peine... croyable!

– Oh, vous, petite incrédule! s'exclama Nanna sur un ton un peu moqueur.

Mais Simonetta aurait voulu tomber à genoux de gratitude et remercier le ciel.

Le duc allait de mieux en mieux chaque jour et Simonetta avait l'impression de n'avoir jamais un moment à elle.

Elle lui faisait la lecture, écrivait sous sa dictée lettres et notes. Bien qu'elle eût le sentiment que le capitaine Graham s'en serait tiré beaucoup mieux qu'elle, le duc avait insisté pour faire appel à elle.

Et, quand elle lui lisait les journaux, elle croyait remarquer qu'il observait son visage plus qu'il n'écoutait ce qu'elle lisait.

A plusieurs reprises, le questionnant sur quelque chose qu'elle venait de lire, elle avait eu la certitude que son esprit était ailleurs.

Ils parlaient peu, n'avaient aucune conversation intime, et les propos qu'ils échangeaient eussent pu être exprimés de la même façon s'il y avait eu une douzaine de visiteurs dans la chambre.

Mais elle s'endormait et se réveillait en prononçant son nom.

Dès qu'elle n'était plus auprès de lui, elle se sentait comme amputée, infirme.

– Je l'aime... je l'aime... il n'y a que lui au monde! murmurait-elle constamment.

Le duc sommeillait dans l'après-midi et il avait insisté, ainsi que Nanna, pour que Simonetta aille faire chaque jour un peu de marche.

Sa promenade la conduisait presque toujours aux écuries où l'attendait Saunders ou l'un des autres grooms avec un panier de pommes coupées en morceaux qu'elle donnait aux chevaux.

Ils posaient la tête sur la porte basse de leurs stalles et attrapaient avec avidité les morceaux qu'elle leur tendait sur sa main.

Saunders lui parlait des chevaux.

Elle apprit bien vite que le valet avait une sorte d'adoration pour son maître, sur lequel il avait veillé, avait-il expliqué fièrement à Simonetta, depuis que le duc était un très jeune homme.

– Ceux qui disent des choses sur Sa Grâce, ils le connaissent pas comme j'le connais, Ma'am, et c'est la vérité! affirma-t-il. (Voyant qu'il intéressait Simonetta, il poursuivit :) ... Sa Grâce m'a souvent mis en garde contre la tentation de parler de ses affaires privées; mais je vous dirai tout de même, Ma'am, qu'il a fait plus de bien que beaucoup d'autres gentilshommes dans sa position; il y a autant de gens à vivre secrètement de sa générosité qu'il y en a d'inscrits sur sa liste de salaires.

C'était là le genre de louanges que Simonetta était heureuse d'entendre et elle espérait vivement que Harris répéterait à Nanna les choses flatteuses qu'il venait d'exprimer sur le duc.

Il était vrai qu'elle avait totalement changé d'opinion sur lui, depuis qu'il avait sauvé la vie de Simonetta.

— Il vous a arrachée à la mort, miss Simonetta, avait-elle dit plus d'une fois depuis la tragédie. Sans Sa Grâce, vous auriez été réduite en cendres. Ce toit s'est écroulé quelques secondes après que vous avez eu touché le sol!

On devinait comme des larmes dans sa voix; mais comme si elle regrettait cette manifestation d'émotion, elle ajoutait d'un ton presque désagréable :

— Pourquoi n'avez-vous pas fait ce qu'il vous avait ordonné, miss Simonetta, et n'êtes-vous pas descendue immédiatement? Je vous ai vue sur le palier et j'ai cru que vous étiez juste derrière moi; mais, avec toutes ces femmes qui criaient et se bousculaient comme des hystériques, je n'ai jamais pu arriver jusqu'à vous.

— Il fallait que je sauve le bébé, Nanna. Vous le savez.

Le capitaine Graham lui avait dit ce qu'il était advenu de la mère et du bébé.

— La mère vous est plus reconnaissante qu'elle ne pourra jamais le dire. Elle voulait venir vous remercier personnellement, mais j'ai pensé que vous aviez besoin d'un peu de paix.

— Et où est-elle? demanda Simonetta.

— Je l'ai ramenée chez ses parents. Ce sont de braves gens, honnêtes et bons. Ils l'ont reprise auprès d'eux. C'est une jolie fille qui, très certainement, trouvera un garçon qui l'épousera.

— Je l'espère pour elle! Peut-être... serait-il... possible..., commença Simonetta avec un peu d'hésitation, se demandant combien d'argent, au juste, il lui serait possible d'offrir.

— Sur ce plan-là, vous n'avez aucune inquiétude à vous faire, dit le capitaine Graham. Je savais ce que Sa Grâce aurait souhaité; aussi lui ai-je attribué une pension confortable. Quant aux autres domestiques qui ont été congédiés, ils ont, eux aussi, reçu de quoi vivre jusqu'à ce qu'ils trouvent un nouvel emploi. Cette expérience leur apprendra sans doute à se mieux conduire dans le futur qu'ils ne l'ont fait ici.

Tout en se promenant, elle regardait la maison, ses fenêtres béantes, et elle se demanda si le duc la ferait reconstruire.

Toutefois, elle répugnait à l'importuner avec des problèmes avant qu'il ait recouvré ses forces.

Novembre était maintenant très avancé, et elle pensait que, si le duc avait mené sa vie habituelle, il serait actuellement à Melton Paddocks pour la chasse.

Les récits des « parties » qu'il donnait étaient-ils exagérés ou étaient-ce vraiment les orgies dont Nanna avait entendu des descriptions?

« Et que se passait-il dans une orgie? » s'interrogeait-elle.

Que faisaient donc les gens quand ils se comportaient d'une manière répréhensible qui amenait un homme tel que son père à les blâmer et à parler d'eux en baissant la voix?

Se détournant de la maison incendiée, elle se prit à réfléchir, se disant qu'elle était très jeune et terriblement ignorante; elle perçut avec tristesse le ridicule qu'il y avait de sa part à croire qu'elle pourrait jamais intéresser sincèrement le duc.

Qu'avait-il en commun avec une fille qui n'avait rien vu de la vie et dont l'ignorance du monde et des plaisirs qui l'amusaient, lui, était égale à celle d'une nonne enfermée dans un couvent?

Elle regagna la maison et le pâle soleil d'hiver qui se couchait derrière les bois, à l'horizon, lui fit oublier sa tristesse. Le spectacle des arbres aux branches dénudées se silhouettant contre l'or et le rose du ciel était d'une saisissante beauté.

Une froidure dans l'air donnait à penser qu'il gèlerait pendant la nuit. Simonetta se hâta car il était l'heure d'aller retrouver le duc.

« Si ce n'était que pour ces heures passées auprès de lui, même quand il était inconscient, ces heures où je veillais sur lui, je crois que je bénirai à jamais cet incendie », pensait-elle.

Elle ouvrit la porte et la chaleur de la petite maison lui sembla douce et accueillante.

Elle rejeta en arrière le capuchon de fourrure qui encadrait son visage, dégrafa son manteau et le posa sur une chaise.

Elle s'apprêtait à monter l'escalier quand elle se rendit compte que la porte de la grande chambre était ouverte.

Elle apercevait la lueur d'un grand feu et la silhouette de quelqu'un assis à côté de la cheminée.

La chose, tout d'abord, lui parut impossible; puis, comme elle avançait vers le seuil, elle vit que c'était le duc, assis dans un des grands fauteuils de cuir, sauvés du désastre.

Il était habillé avec soin et sa cravate savamment nouée était d'une blancheur qui accusait encore la pâleur et la minceur de son visage.

Bien qu'amaigri, il était toujours étonnamment beau.

– Vous êtes... levé? dit Simonetta, le souffle court.

– Je voulais vous en faire la surprise, répondit-il. Pardonnez-moi de ne pas me lever.

– Je vous en prie... vous ne devez pas vous fatiguer exagérément.

Puis, la surprise passée, elle courut vers lui, les yeux brillants, les lèvres entrouvertes par l'émotion.

– Vous ne... souffrez pas? Vous vous sentez... bien?

Elle parlait de façon incohérente, posant des questions à tort et à travers.

– Comme si j'étais tout neuf... ou presque!

Elle éclata de rire tant elle était heureuse. Puis elle s'assit à ses pieds sur l'épais tapis de laine.

– Je suis si heureuse, tellement heureuse! J'avais si peur... quand on vous a amené ici que vous... ne surviviez pas.

– Je sais que je ne dois qu'à vous d'avoir guéri de ces brûlures et de m'en être tiré sans aucune cicatrice. Votre nurse m'a dit que c'était vous qui aviez pensé à utiliser du miel.

– Ne m'avez-vous pas sauvé la vie? lui répondit Simonetta avec douceur.

Elle plongea ses yeux dans les siens, mais il se détourna et fixa le feu dans la cheminée.

– Maintenant que je vais mieux, Simonetta, dit-il d'une voix qu'il essayait de rendre dure, il va nous falloir faire des plans pour votre avenir.

Simonetta se raidit, soudain.

– Faut-il que... nous en parlions... maintenant?

– Il le faut, répondit le duc avec gravité. Maintenant que j'ai cessé d'être un invalide, vous ne pouvez pas rester avec moi, sans chaperon.

La jeune fille posa sur lui un regard consterné.

Elle avait oublié qu'un chaperon était, en effet, nécessaire.

– Vous avez le choix, continua le duc après quelques instants, entre deux solutions... La première est que vous vous rendiez chez vos grands-parents. J'avais promis à votre nurse, avant que nous venions ici, de vous aider à le faire.

– Je... pensais bien que Nanna avait dû vous dire quelque chose dans ce sens, répondit Simonetta. Mais elle sait que je n'ai nulle intention d'avoir le moindre rapport avec des parents qui, durant des années, ont ignoré l'existence de ma mère.

– Jusque très récemment, c'était la seule solution, dit le duc, et j'avais été d'accord pour reconnaître avec votre nurse que cette décision était à la fois raisonnable et pratique. (Elle garda le silence et, sans la regarder, il poursuivit :) Si je comprends bien, vous avez eu, depuis que nous sommes ici, l'occasion d'accepter une proposition différente.

Elle parut ne pas comprendre, puis soudain, ses joues s'empourprèrent tandis qu'elle demandait :

– Vous... voulez dire... ce qu'Alister a suggéré?

– Il m'a adressé une lettre avant de partir, lettre que j'ai lue dès que j'ai été en état de le faire. Il est vraiment très désireux de vous épouser.

Simonetta reprit son souffle.

– Son intérêt m'honore... infiniment... mais je ne peux pas l'épouser.

– Et pourquoi?

– Parce que... je ne l'aime pas.

– Est-ce vraiment d'une telle importance? Vous auriez une très belle position en Écosse, et Alister a parlé de vous avec une chaleur et une affection dont je ne le croyais pas capable.

– Il était très heureux – du moins il le disait – avec la femme qu'il croyait avoir épousée... jusqu'à ce qu'il apprenne qu'elle avait déjà un... mari.

– Il croyait qu'il était heureux, rectifia le duc, mais le McCraig et vous avez eu sur lui une énorme influence. Vous lui avez fait découvrir, tous deux, qu'il avait en lui des possibilités qu'il n'avait jamais soupçonnées. (Il sembla réfléchir, puis poursuivit :) Lorsqu'il aura acquis un peu de maturité et qu'il vivra parmi les gens de son clan, je suis certain qu'il prendra du caractère et de la personnalité.

– Je le pense aussi et j'espère, dit Simonetta, qu'il rencontrera une femme qui l'aimera pour lui-même et qu'il pourra aimer avec tout son... cœur.

Il y avait eu comme un sanglot dans sa voix et le duc demanda après une légère pause :

– Alors, vous vous décidez pour vos grands-parents?

– Il y a une... troisième solution, fit Simonetta d'une voix étouffée.

Il posa sur elle un regard interrogateur et, malgré la gêne qu'elle éprouvait, elle se força à soutenir son regard tandis qu'elle lui disait :

– Vous m'avez... un jour fait une autre proposition.

– Je vous ai offert de l'argent et vous l'avez refusé.

– Si je l'acceptais maintenant, pourrais-je vous voir... quelquefois?

Elle le sentit se raidir.

– Ce serait impossible, affirma-t-il. Aussi, dois-je retirer mon offre.

– Pourquoi... le devez-vous?

Elle se releva et s'approcha de lui au point de le toucher.

Il ne fit aucun geste, aucun mouvement, mais comme elle s'appuyait contre ses genoux et que ses épaules reposaient contre son bras, elle ne put pas ne pas sentir qu'un frisson les parcourait tous deux.

Elle le regarda, et cette fois leurs yeux se rencontrèrent.

Ils étaient sous une espèce de charme, comme en proie à un envoûtement auquel ni l'un ni l'autre ne pouvait échapper.

– Laissez-moi... rester... avec vous, murmura Simonetta.

Elle crut, l'espace d'une seconde, que ses bras allaient l'enlacer.

Il ne bougea pas; mais les lignes de son viage semblèrent se durcir et ses yeux, dans lesquels elle espérait voir le feu qu'elle y avait déjà aperçu plusieurs fois, ne firent que s'assombrir.

D'une voix qu'elle ne lui connaissait pas et qui semblait s'étrangler dans sa gorge, le duc dit enfin :

– Je vous aime! Dieu seul sait combien je vous aime, mais je ne peux pas vous demander de m'épouser!

7

Il y eut un long silence, puis Simonetta baissa les yeux en disant :

– Je comprends, bien sûr, que vous ne pouvez pas... épouser la fille d'un acteur... mais...

– Dieu du Ciel, ce n'est pas la raison! interrompit le duc avec violence. Avez-vous imaginé que c'était pour cette raison que... (Se contrôlant, il reprit d'une voix plus calme :) ... Je ne connais aucun homme – quelle que soit sa position ou sa naissance – qui ne s'estimerait comblé d'être votre mari.

Simonetta le regarda et il vit l'étonnement sur son visage.

– Je vous expliquerai, dit-il, mais allez vous asseoir sur une chaise. Je me sens incapable de dire ce que j'ai à vous dire quand vous êtes aussi près de moi.

Confuse, mais obéissante, la jeune fille se releva et passa devant la cheminée pour aller s'asseoir de l'autre côté, les yeux toujours fixés sur lui, et les mains croisées sur ses genoux.

Détournant son regard, le duc fixa les flammes dans la cheminée et commença :

– Je vais vous parler de moi. Ce n'est nullement dans le but de chercher une excuse à ma conduite ou à ce que je suis, mais simplement parce que je tiens à ce que vous compreniez ce que j'essaye de vous dire. (Il reprit après un long silence :) Je ne pense pas que vous ayez jamais entendu parler de mon père, mais je vous apprendrai qu'on le surnommait « Le Duc Prieur ». Il était hypocritement dévot, intolérant, étroit d'esprit et obsédé par la notion du péché.

Le duc continua après un bref silence :

– Il m'est difficile de vous faire comprendre ce que fut la vie avec lui, après la mort de ma mère. Je pense parfois, regardant en arrière, qu'il devait avoir le cerveau dérangé. (C'est d'une voix cynique qu'il poursuivit sa confidence :) La vie auprès de lui aurait éloigné à jamais de la religion n'importe quel enfant. Chaque matin, nous avions d'interminables séances de prières auxquelles devaient participer tous les domestiques; cette même cérémonie se répétait le soir. Et tout ce qui pouvait ressembler à un plaisir, ou offrir un intérêt susceptible d'apporter une diversion agréable, était strictement interdit.

– Pourquoi était-il ainsi? demanda Simonetta.

– Je l'ignore! répliqua le duc. Je sais seulement que depuis l'âge de sept ans, tout de suite après la mort de ma mère, ma vie a été un véritable enfer.

Simonetta laissa échapper un petit murmure de commisération, et le duc reprit :

– Il avait décidé que je serais élevé à sa propre image; d'où l'interdiction, pour moi, d'être avec des enfants de mon âge, et même de vivre dans la compagnie d'une nurse ou d'une gouvernante. J'étais confié à des précepteurs.

– Mais c'était beaucoup trop tôt, murmura Simonetta.

– Bien sûr que j'étais beaucoup trop jeune, pour cette éducation-là! répondit le duc. C'étaient toujours des gens d'âge mûr, des érudits, uniquement préoccupés d'enseigner et incapables de comprendre ce qui peut intéresser un cerveau d'enfant.

– Terriblement cruel!

– Le plus cruel fut surtout quand je n'eus pas le droit d'aller à l'école.

– Vous avez dû rester à la maison?

– Oui, toujours en compagnie de précepteurs avec lesquels je devais travailler du réveil au coucher. J'avais le droit de monter à cheval, mais pas de jouer à aucune espèce de jeu.

– Quelle cruauté, et quelle solitude vous avez dû... connaître.

– Je crois que c'est de la solitude que j'ai le plus souffert, avoua le duc. Je n'avais aucun compagnon et pas le moindre échange avec âme qui vive.

– Et combien d'années a duré cette vie?

– Jusqu'à mes dix-huit ans.

– Oh, non! Ce n'est pas possible!

– C'est l'exacte vérité! dit le duc d'un ton douloureux. Aussi vous comprendrez aisément que sa mort a été pour moi comme si la porte d'une prison s'ouvrait. (Il eut un ricanement bref.) ... Et tout comme au prisonnier libéré après une vie d'incarcération, le monde m'apparut comme un lieu étrange, incompréhensible.

– Et qu'est-il... arrivé?

– Vous ne devinez pas la suite? demanda-t-il d'un air moqueur. Je suis venu à Londres, car j'étais alors mon propre maître. La société a accueilli à bras ouverts un jeune duc possesseur d'une grosse fortune.

– Vous avez dû... apprécier... ce qui vous arrivait, fit Simonetta à voix basse.

– C'était comme entrer dans la lumière au sortir de l'obscurité; mais je manquais, bien sûr, du discernement le plus élémentaire dès qu'il s'agissait de juger les êtres que je rencontrais. Seul me guidait le désir sauvage de rattraper le temps perdu.

– Je le comprends... sans peine.

– Je voulais faire tout ce qui m'avait été interdit dans le passé, monter mes propres chevaux, tirer, faire de l'escrime, de la lutte; bref, je voulais faire tout ce que les jeunes gens de mon âge ont fait pendant leur adolescence. (C'est avec un sourire un peu cynique qu'il ajouta :) Et, naturellement, je voulais rencontrer des femmes.

Simonetta serra ses mains l'une contre l'autre. Elle éprouva comme un pincement de jalousie.

– Mon père considérait les femmes comme étant une invention du démon, poursuivit le duc. Aussi, pour moi, avaient-elles l'attraction d'un aimant.

Regardant son beau visage et écoutant son récit, Simonetta comprenait aisément qu'il exerçait sur les femmes le même genre d'attraction.

– Là encore je manquais terriblement de jugement, et comme ma vie dans le *beau monde* débuta à Carlton House, les plus douteux parmi les amis du prince de Galles m'initièrent aux plaisirs qui ne leur étaient que trop familiers.

Il poursuivit d'une voix amère :

– Vous imaginez aisément ce qui s'est passé. Tel un enfant lâché dans une boutique de confiseries, je me suis gorgé gloutonnement, méritant pleinement le titre qu'on m'a donné. (Il eut une moue de dédain.) ... Sa Disgrâce! J'étais très fier de ce titre. De cette façon, personne ne m'accuserait d'être un « Duc Prieur »!

Il respira.

– Puis je vous ai rencontrée. Quand vous êtes entrée dans le salon de Ravenstone House, j'ai compris que vous étiez tout ce que j'avais toujours souhaité et n'avais jamais trouvé.

– Je... j'avais senti, moi aussi... que quelque chose se passait, quand nous nous sommes... rencontrés, murmura Simonetta.

– Nous nous étions reconnus, dit le duc. Nous faisons partie d'un même tout, et point n'est besoin de mots.

Il tourna son visage pour la regarder et elle vit la tristesse de ses yeux.

– Quand je vous ai embrassée, j'ai su qu'il existait un Dieu et que je croyais en lui.

Ses mots vibrèrent en elle et la firent frissonner. Il se leva.

– Et justement parce que vous incarnez tout ce qui est pur et bon, dit-il d'une voix rauque, et parce que je suis ce que j'ai fait de moi – je vous enverrai demain chez vos grands-parents où vous serez protégée. Peut-être, un jour, trouverez-vous le bonheur avec un homme qui sera digne de vous.

Simonetta demeurait silencieuse.

Elle comprenait soudain tant de choses qu'elle ne s'était pas expliquées auparavant.

Sa vie, à elle aussi, avait été sans amies de son âge; elle aussi avait été élevée à l'écart du monde et dans la solitude.

La prison du duc avait été particulièrement dure et cruelle.

La sienne avait été confortable et entourée de chaleur et d'affection. Mais l'isolement qu'on leur avait imposé les avait marqués, tous deux.

C'est pourquoi elle pouvait comprendre ce qu'il avait ressenti et le pourquoi de son comportement.

Consciente qu'il attendait d'elle qu'elle parle, elle se leva et vint auprès de lui.

Elle le sentit tendu. En outre, tout dans son visage trahissait la détermination de la renvoyer afin qu'ils ne se revoient plus.

Elle s'approcha de lui et leva son visage vers le sien.

– J'ai... j'ai toujours entendu dire, murmura-t-elle avec douceur, que... en sauvant... la vie de quelqu'un, on en prenait la responsabilité... à jamais!

Il ne bougea pas mais elle sentit qu'il se raidissait.

– Je... vous appartiens, ajouta-t-elle. Je peux être un obstacle... ou une charge... mais je ne... vous quitterai pas. Je vous suivrai... et attendrai sur les marches de Ravenstone House jusqu'à ce que vous me laissiez... entrer.

Le duc laissa échapper un étrange petit cri qui tenait à la fois du rire et du sanglot, puis il l'attira contre lui.

– Vous pensez ce que vous dites? demanda-t-il. Vous voulez vraiment rester avec moi? Vous voulez dire que vous m'épouseriez?

– Je vous aime! répondit Simonetta. Je vous aime au point... d'en mourir... si vous me chassiez!

– Oh! ma chérie...

Sa voix se brisa. Ses bras la serraient et il lui couvrait les joues de baisers violents, comme s'il avait perdu tout contrôle. Puis leurs lèvres se rencontrèrent... et elle retrouva alors la gentillesse et la tendresse qu'elle avait connues.

C'était comme s'ils avaient perdu toute individualité; ils n'étaient qu'un seul être. A nouveau ils connurent l'extase.

Accrochés l'un à l'autre, ils étaient comme des naufragés qui, ayant lutté ensemble dans la tempête, atteignent enfin l'anse abritée où ils n'ont plus rien à redouter des éléments.

Simonetta était comme aveuglée par une splendeur presque cosmique et son corps vibrait d'une musique venue d'un autre monde.

Le duc leva la tête et la regarda. Comment un

visage de femme pouvait-il à la fois exprimer un tel bonheur et en même temps rayonner d'une telle spiritualité? Il éprouva le désir de s'agenouiller devant elle.

— Je vous aime! Mon trésor, ma chérie, mon parfait amour, dit-il, la voix entrecoupée par l'émotion. (Puis le visage enfoui dans la douceur du cou de Simonetta, il murmura :) Aidez-moi à être... comme vous voulez que je sois, car je ne pourrais supporter de vous décevoir.

— Je veux que vous demeuriez tel que vous avez toujours été avec moi, répondit-elle, aimable et gentil... attentionné, beau et noble.

Il releva la tête.

— Est-ce vraiment votre pensée?

— Oui, vous le savez bien.

Ils se regardèrent longuement et le monde sembla s'immobiliser.

Le duc s'assit dans un fauteuil et attira Simonetta près de lui.

Le siège était assez grand pour les accueillir tous deux et il la serra dans ses bras.

— Vous ne devez pas... vous fatiguer, dit-elle avec sollicitude.

— Vous ne devez pas vous soucier de ma santé.

— Croyez-vous qu'il puisse en être... autrement... alors que j'aurais pu... vous perdre?

Elle ne put réprimer un sanglot et d'un geste soudain cacha son visage contre l'épaule du duc.

— Vous pleurez? remarqua-t-il d'un ton consterné. Ma chérie, pourquoi ces larmes?

— C'est parce que je suis... si heureuse, dit Simonetta à travers ses sanglots. J'en eu... si peur... que vous ne vouliez pas... me permettre... de rester avec vous, peur que vous ne vouliez pas de moi.

— Ne pas vous vouloir? s'exclama le duc. Vous

savez quel enfer j'ai vécu? Sachant que je devais vous envoyer chez vos grands-parents, et me demandant comment je pourrais continuer à vivre, sans vous, le reste de mes jours?

– Comment pouviez-vous... penser à quelque chose... d'aussi cruel?

– Je ne voulais voir que votre intérêt. Mon opinion n'a pas changé et je sais parfaitement que mon devoir consisterait à vous laisser partir.

– Vous savez – je vous l'ai déjà dit – que je ne vous laisserai pas le faire, répliqua Simonetta, et je pense, d'autre part, que vous vous souciez beaucoup trop de votre réputation. Je ne sais quelles terribles choses vous êtes censé avoir faites...,

– Et je souhaite que vous ne le sachiez jamais, dit le duc en l'interrompant. (Remarquant ses joues encore humides de larmes, il demanda :) Qu'alliez-vous dire?

– Peut-être ne serez-vous pas d'accord... mais j'ai pensé... que si nous pouvions... quitter Londres pour quelque temps et vivre à la campagne... dans votre maison avec ses jardins merveilleux, les gens cesseraient bien vite... de jaser sur vous et, au lieu de médire, peut-être commenceraient-ils à parler des... bonnes choses que vous faites.

Soulevant d'un doigt le menton de Simonetta, il tourna son visage vers le sien, en lui demandant :

– Est-ce là ce que vous aimeriez? Parlez-moi honnêtement. La vie à la campagne vous suffirait-elle? Ne regretteriez-vous pas les bals et les réceptions et toutes les choses brillantes que Londres a à offrir?

Simonetta laissa échapper un petit rire.

– Comme je n'ai jamais assisté à aucun bal et ne suis pas davantage habituée aux réceptions, ces plaisirs-là ne peuvent pas me manquer! En outre, je préférerais de beaucoup être... seule avec vous qu'assister au bal le plus brillant jamais donné! Je n'imaginerais rien de plus merveilleux que d'être à la campagne, de monter à cheval... de faire des plans pour les jardins... dès l'instant que nous le ferions... ensemble.

Le duc l'attira contre sa poitrine.

– Ensemble! C'est là le mot qui compte! s'exclama-t-il. Et, en fait, il y a beaucoup à faire pour nous à Ravenstone.

– Quel genre de choses? demanda Simonetta dont la curiosité venait de s'allumer.

– Eh bien... du fait que mon père trouvait à redire à leur présence, il avait relégué dans les greniers toutes les toiles, quelle que fût leur beauté ou leur valeur, qui représentaient des femmes, spécialement celles vêtues ou plutôt dévêtues à la manière des déesses. (Il sourit et continua :) Les ont suivies dans leur bannissement tous les meubles sculptés ou décorés d'Amours joufflus, ainsi que nombre de sofas dont le luxe et le confort lui semblaient une incitation à l'indolence.

– Il a dû faire de votre maison un lieu bien... austère.

– Elle l'est! Et c'est la raison pour laquelle je n'y ai pour ainsi dire jamais résidé depuis que j'ai hérité le titre, répliqua le duc. Mais nous pouvons la rendre à sa splendeur passée, à ce qu'elle était quand mon grand-père l'avait reconstruite et avait ramené d'Italie et de France les trésors qui sont maintenant des trésors de famille.

– J'adorerai faire cela.

– Nous le ferons ensemble, répondit le duc.

– Cela semble si merveilleux, si parfait!

– Et c'est ce que vous êtes!

De son fin mouchoir de batiste, le duc sécha les yeux de Simonetta puis les baisa l'un après l'autre, et ses lèvres s'attardèrent sur la douceur de ses joues.

Puis, l'attirant plus près de lui encore, il trouva sa bouche. Ses baisers étaient passionnés, sauvages, possessifs, un feu brûlait dans son regard, mais Simonetta n'était pas effrayée.

– Je... vous aime!

Elle n'était pas certaine de s'être exprimée à voix haute.

Il avait éveillé en elle des sensations si fortes que tout son corps vibrait.

Voilà, pensa-t-elle, ce qu'elle avait toujours désiré. Ce qui lui avait manqué, c'était cette sensation d'appartenir, de ne pas être « l'abandonnée ».

Le duc lui caressait les cheveux.

– Vous êtes si belle! fit-il d'une voix rauque. Vous serez la plus splendide de toutes les duchesses de Ravenstone.

– Nous aurons notre portrait peint, un portrait de nous deux... ensemble.

Il sourit.

– Pourquoi pas? Et sur la plaque, on lira : « Sa Grâce et sa Dis... »

Simonetta posa un doigt sur les lèvres du duc.

– Vous ne devez plus dire cela. C'est le passé... et c'est oublié... et quelque mal qui ait pu en résulter, il a été pardonné.

– Comment pouvez-vous en être certaine? demanda le duc.

– Dans la Bible, répondit-elle, il est fait mention de purification par le feu. C'est ce que vous êtes maintenant, purifié à cause de votre bravoure qui m'a sauvée. Nous avons commencé une nouvelle vie... vous et moi... et à partir de cet instant nous ne parlerons plus jamais du passé.

Elle passa son bras autour du cou du duc et approcha sa tête de la sienne.

– Je sais que les conséquences de ce que nous ferons... ensemble auront un prolongement et apporteront bienfaits et bonheur à beaucoup, beaucoup de gens.

– Mon trésor, dit le duc. Je vous aime! Je vous adore!

Puis il l'embrassa longuement, interminablement, attendant de l'emporter vers un paradis infini et tout scintillant d'étoiles où, tout près de Dieu, ils seraient seuls avec leur bonheur.

SCIENCE-FICTION et FANTASTIQUE

Dans cette série, Jacques Sadoul édite ou réédite les meilleurs auteurs du genre :

ASIMOV Isaac
404*** Les cavernes d'acier
453*** Les robots
468** Face aux feux du soleil
484** Tyrann
542** Un défilé de robots
552** Cailloux dans le ciel
870*** La voie martienne

BLISH James
752** Semailles humaines

BOVA Ben
1028*** Colonie - 1 (février 1980)
1029*** Colonie - 2 (février 1980)

BRACKETT Leigh
734* Le secret de Sinharat
735* Le peuple du talisman

BRUNNER John
848** Le long labeur du temps

CLARKE Arthur C.
349** 2001 - L'odyssée de l'espace
799*** Les enfants d'Icare
904*** Terre, planète impériale
966*** L'étoile

CURVAL Philippe
595** Le ressac de l'espace
1020*** L'homme à rebours

DEMUTH Michel
693*** Les Galaxiales - 1
996*** Les Galaxiales - 2

DICK Philip K.
547* Loterie solaire
563** Dr Bloodmoney
879*** Les clans de la lune alphane
910*** La vérité avant-dernière

ELLISON Harlan
Dangereuses visions - 1
Dangereuses visions - 2 (février 1980)

FARMER Philip José
537** Les amants étrangers
581* L'univers à l'envers
621** Ose
712** Des rapports étranges
885** La nuit de la lumière

HAMILTON Edmond
432** Les rois des étoiles

HARRISON Harry
741*** Prométhée en orbite
911** Le monde de la mort

HEINLEIN Robert
510** Une porte sur l'été

KAST Pierre
924*** Les vampires de l'Alfama

KEYES Daniel
427** Des fleurs pour Algernon

KING Stephen
835*** Carrie

KLEIN Gérard
628** Les seigneurs de la guerre
935*** La loi du talion

KLOTZ Claude et GOURMELIN Jean
967*** Les innommables

LEVIN Ira
342** Un bébé pour Rosemary

LOVECRAFT H.P.
410* L'affaire Charles Dexter Ward
459**** Dagon

LOVECRAFT et DERLETH
821** L'ombre venue de l'espace

MERRITT Abraham
557** Les habitants du mirage
618*** Le gouffre de la lune
886*** Le visage dans l'abîme

MOORE Catherine L.
415*** Shambleau
700** La nuit du jugement

NOLAN William F.
1019** Retour à l'âge de cristal

OTTUM Bob
568** Pardon, vous n'avez pas vu ma planète?

PADGETT Lewis
689* L'échiquier fabuleux

PELOT Pierre
773*** Delirium Circus

PRIEST Christopher
688*** La machine à explorer l'espace
989*** Futur intérieur

RUELLAN André
1006** Tunnel

SADOUL Jacques
Les meilleurs récits de :
532** « Astounding Stories » - 1
617** « Planet Stories »
713** « Unknown »
784** « Startling Stories »
822** « Thrilling Wonder Stories »
880** « Fantastic Adventures »
923** « Weird Tales » - 3
988** « Astounding Science-Fiction » - 2

SILVERBERG Robert
800** Un jeu cruel
997*** Les monades urbaines

SIMAK Clifford D.
373** Demain les chiens
609** Le pêcheur
847** Au carrefour des étoiles
903*** Une chasse dangereuse
956*** Mastodonia
1005*** Escarmouche

SPIELBERG Steven
947** Rencontres du troisième type

STEINER Kurt
657* Le disque rayé
779* Les océans du ciel

STURGEON Theodore
355** Les plus qu'humains
369** Cristal qui songe
829*** Les talents de Xanadu

TOLKIEN J.R.R.
486*** Bilbo le hobbit

VANCE Jack
707** Cugel l'astucieux
Cycle de Tschaï :
721** 1. Le Chasch
722** 2. Le Wankh
723** 3. Le Dirdir
724** 4. Le Pnume
836** Un monde magique

VAN VOGT A.E.
362** Le monde des Ã
381** A la poursuite des Slans
392** La faune de l'espace
418** L'empire de l'atome
419** Le sorcier de Linn
439** Les armureries d'Isher
440** Les fabricants d'armes
463** Le livre de Ptath
475** La guerre contre le Rull
496** Destination Univers
515** Ténèbres sur Diamondia
588** Des lendemains qui scintillent
659** L'homme multiplié
813*** Invasion galactique
855** Le Silkie
934** L'horloge temporelle
975*** Rencontre cosmique

VEILLOT Claude
807*** La machine de Balmer

WALTHER Daniel
976** L'Epouvante

629* UNIVERS 03
650* UNIVERS 04
695* UNIVERS 06

714*	UNIVERS 07
732*	UNIVERS 08
754*	UNIVERS 09
769*	UNIVERS 10
786*	UNIVERS 11
815*	UNIVERS 12
837*	UNIVERS 13
857*	UNIVERS 14
887*	UNIVERS 15
925*	UNIVERS 16
958*	UNIVERS 17
977*	UNIVERS 18
1007*	UNIVERS 19 (déc. 1980)

L'AVENTURE MYSTÉRIEUSE

BARBARIN Georges
A. 216* Le secret de la grande pyramide
A. 229* L'énigme du Grand Sphinx

BELLINE
A. 342** La troisième oreille
A. 345** Histoires extraordinaires d'un voyant
A. 356*** Un voyant à la recherche du temps futur

BERGIER Jacques
A. 250* Les extra-terrestres dans l'histoire
A. 351** Visa pour une autre Terre
A. 361** La guerre secrète de l'occulte

BERNSTEIN Morey
A. 212** A la recherche de Bridey Murphy (janvier 1980)

BIRAUD Fr. et RIBES J.-C.
A. 281** Le dossier des civilisations extra-terrestres

BROWN Rosemary
A. 293* En communication avec l'au-delà

CARMI Gabrielle
A. 347** Le temps hors du temps

CAYCE Edgar
A. 300* Visions de l'Atlantide

CHARPENTIER Louis
A. 325** Les géants et le mystère des origines
A. 364** Les mystères templiers
A. 367** Les Jacques et le mystère de Compostelle

CHARROUX Robert
A. 190** Trésors du monde
A. 372**** Histoire inconnue des hommes depuis cent mille ans (janvier 1980)

CHEVALLEY Abel
A. 200* La bête du Gévaudan

CHURCHWARD James
A. 223** Mu, le continent perdu
A. 241** L'univers secret de Mu

DÄNIKEN Erich von
A. 322** Vers un retour aux étoiles
A. 365*** L'or des dieux

EDWARDS Frank
A. 355*** Du nouveau sur les soucoupes volantes

FLAMMARION Camille
A. 247*** Les maisons hantées
A. 310*** La mort et son mystère
A. 311** Après la mort

GRANGER Michel
A. 349*** Terriens ou extra-terrestres

HEMMERT D. et ROUDENE A.
A. 339** L'univers des fantômes

HUTIN Serge
A. 269** Gouvernants invisibles et sociétés secrètes

HYNEK J. Allen
A. 327**** Les O.V.N.I., mythe ou réalité?

IVERSON Jeffrey
A. 360*** Vivons-nous plus d'une vie?

LE POER TRENCH Brinsley
A. 321** Les géants venus du ciel

LISSNER Ivar
A. 319** Civilisations mystérieuses

MANNING Matthew
A. 341** D'où me viennent ces pouvoirs?

MILLARD Joseph
A. 232** L'homme du mystère, Edgar Cayce

NEUVILLE Pierre
A. 301** Ces autres vies que vous avez pourtant vécues

OSSENDOWSKI Ferdinand
A. 202** Bêtes, hommes et dieux

PERRIN R. Jack
A. 362**** Le mystère des O.V.N.I.

PIKE James A.
A. 285*** Dialogue avec l'au-delà

PLANSON Claude
A. 323*** Vaudou, un initié parle

PLAYFAIR Guy Lyon
A. 373**** La vie sans frontières (février 1980)

RAMPA T. Lobsang
A. 11** Le troisième œil
A. 210** Histoire de Rampa
A. 226** La caverne des anciens
A. 256** Les secrets de l'aura
A. 277** La robe de sagesse
A. 298* Les clés du Nirvâna
A. 326** Crépuscule
A. 357* C'était ainsi
A. 366** Je crois

RANDALL Neville
A. 359*** La mort ouvre sur la vie

ROBINSON Litle W.
A. 305** Edgar Cayce et le destin de l'homme

ROULET Alfred
A. 320* A la recherche des extra-terrestres

SANTESSON Hans Stephan
A. 332** Le dossier Mu

SAURAT Denis
A. 187* L'Atlantide et le règne des géants

SEDE Gérard de
A. 185** Les Templiers sont parmi nous
A. 303* La race fabuleuse
A. 316** Le secret des Cathares (février 1980)
A. 343** L'étrange univers des prophètes
A. 358* La Rose-Croix

SENDY Jean
A. 371*** Ces dieux qui firent le ciel et la terre

SOTTO Alain et OBERTO Varinia
A. 368** Au delà de la mort

TARADE Guy
A. 214** Soucoupes volantes et civilisations d'outre-espace

VALLEE Jacques
A. 308** Chroniques des apparitions extra-terrestres

VANDENBERG Philipp
A. 336*** La malédiction des pharaons

WATSON Lyall
A. 354**** Histoire naturelle du surnaturel
A. 369*** Histoire naturelle de la vie éternelle

WEBB Dominique
A. 348** L'hypnose et les phénomènes psi

WINER Richard
A. 370** Le nouveau dossier du Triangle des Bermudes

ÉDITIONS J'AI LU
31, rue de Tournon, 75006-Paris

diffusion
France et étranger : Flammarion - Paris
Suisse : Office du Livre - Fribourg
Canada : Flammarion Ltée - Montréal

« Composition réalisée en ordinateur par KAPPA »

IMPRIMÉ EN FRANCE PAR BRODARD ET TAUPIN
7, bd Romain-Rolland - Montrouge.
Usine de La Flèche, le 20-12-1979.
6826-5 - Dépôt légal 4e trimestre 1979.
ISBN : 2 - 277 - 21014 - 5